MARGUERITE LECOT

ENVOL DE GLANES

PARIS

Éditions de la Revue Littéraire et Artistique

46, Rue de Bondy, 46

1923

ENVOL DE GLANES

MARGUERITE LECOT

ENVOL DE GLANES

PARIS

Editions de la Revue Littéraire et Artistique

46, Rue de Bondy, 46

— 1923 —

Que les cœurs amis du mien, que tous ceux qui liront ces lignes aiment notre France surabondamment, plaignant l'exilée qui souffrit de longs jours loin de la douce Patrie.

Marguerite LECOT.

Anniversaire

A Monsieur et Madame Savitsky. (Russie).

Les jours sont l'Océan qui porte nos désirs
Et quelquefois aussi, roulant de blanches perles
Ils savent retrouver l'espoir à nos soupirs
Et semblent nous charmer par des accords de merles.

Aujourd'hui le printemps a mis son vert manteau
L'aubépine frissonne en son léger corsage
Le rossignol nous dit son refrain le plus beau.
Des longs jours de l'année c'est le plus doux mirage.

Tout sourit à vos cœurs : Tout vous dit : Espérez !
Le bonheur est un hôte ami de l'espérance,
En cet anniversaire, il vous dit : Jouissez
Du printemps et des jours qu'apporte souvenance.

Dix ans se sont passés : embellis par l'amour
Plus le ciel est d'azur et plus douce est la vie
Je vous offre mes vœux au début de ce jour
Que, bien souvent encor, votre âme en soit ravie.

L'Exil

A Mlle Jeanne Dupoyet.

Je t'ai dit adieu
Lyon, ville chérie
Tu étais ma Patrie
A la grâce de Dieu.

J'ai quitté pour longtemps
Ton ciel, port de mon âme
Et mon cœur te réclame
Quand viendra le printemps ?

Ici, c'est l'étranger
Là-bas, c'était Patrie
J'y ai laissé ma vie
Et, je n'ose y songer !

Mon Dieu ! garde les miens.
Pour que je les retrouve
Fais qu'ici, mon cœur trouve
Pour vivre, quelques riens !

L'Ange aux Echos Lyonnais

A Mlle J. Dupoyet.

Son aile blanche et pure a doux nom souvenir
Sur son front éclatant se lit une espérance
Il vient pour redonner courage à ta souffrance
Hier il est venu... demain, doit revenir !

Que me dis-tu, bel ange, ô toi cher à mon cœur ?
As-tu vu les aimés des bords de notre Saône ?
As-tu vu la colère amoureuse du Rhône ?
Et que leur as-tu dit, ange plein de douceur ?

Tu ne me réponds pas, et je sens dans ta voix
Le sanglot de l'adieu que leur a dit mon âme
Ange ! vole là-bas, et va porter la flamme
De mon amour ardent. aux grands cœurs de mon choix.

Vole ! ange ! hâte ta course et va dire aux chers miens
Que chaque jour, ici, pour moi n'est que souffrance
Mais que, de les revoir, je garde une espérance
Que les bonheurs sans éux ne me sont que des riens !

Puis reviens m'apporter l'écho des Lyonnais
Redis-moi de leurs cœurs les bonjours, les sourires,
Que j'entende en mirage un souffle de doux rires.
Afin que ma pauvre âme, ange, t'aime à jamais !

Consolatrix !

Pélerinage à **N.-D.** de Consolation.

Je l'ai vue et mon cœur a repris l'espérance.
J'ai prié doucement au pied de son autel,
J'ai supplié la Mère au nom tout maternel,
Et j'ai compris le mot qui calme la souffrance.

Sur le mont de granit, vers la Sainte Chapelle,
Domine, toujours belle en dépit des autans
La madone bien chère aux cœurs toujours souffrants
Je l'ai vue ! et mon âme a cru voler près d'elle !

La mer murmurait, à l'abri des montagnes
L'hymne des grandes vagues... et moi je redisais
La prière du cœur, et tout bas, je disais :
Mère, ô guérissez-moi ! guérissez mes compagnes.

Et j'ai senti soudain que je n'étais plus seule
Et l'espoir, sur mon front, est revenu s'asseoir.
Déjà la mer disait son adieu du soir,
Quand je revins ici où le présent m'esseule !

Loin d'Elle

A Mlle I. Re.

Tout a chanté l'hymne printanier :
Le gai rossignol dans le ciel s'élance,
Le bleu firmament parle d'espérance,
Des longs jours d'hiver a fui le dernier.

Mais pourquoi mon cœur n'est-il pas joyeux ?
Le merle m'enchante et moi je soupire,
Ne saurais-je plus ce qu'est le sourire
Dans ce beau pays qu'enchantent les cieux !

Ah ! tant que loin d'elle et loin de Paris
Mon âme devra vivre sans courage ;
Tant que je devrai lire cette page
Qu'on appelle absence... adieu, joies et ris !

Que m'importe Hyères où n'est pas mon cœur !
Que me font ces fleurs... ces lilas... ces roses !
Il me faut bien plus que toutes ces choses
Ou... s'il me les faut, c'est avec ma sœur !

Rendez-le moi vite avec son baiser !
Ce joyeux délice, enivrant mirage !
Oh ! rendez-moi vite une chère image
De celle que j'aime et qui sait charmer !

Mistral, toi qui souffles avec désespoir
Va porter ma plainte à qui est ma reine
Dis-lui que mon âme est bien dans la peine,
Et reviens demain m'apporter l'espoir !

♣

Merci !

———

A Madame la Comtesse Morsztyn.

C'est le soir, et déjà la nuit
A mis son grand manteau d'étoiles
Moi, j'ai jeté bas toutes voiles
Car il n'est pas encor minuit.

Non, malgré mon esseulement
Mon cœur n'a pas de nuit amère
Car je retrouve une autre Mère
Et je l'aime profondément.

Merci ! dans ce cœur généreux
Qui prend en pitié la Française
Revit une âme Polonaise
Et pour moi l'azur d'autres cieux.

Lilas Blanc

Il a neigé, déjà, sur les tapis de mousse
    Des pâquerettes, et puis
Sur les rameaux verdis le lilas déjà pousse
    Au gai soleil qui luit.
C'est à lui que l'oiseau s'en vient conter sa peine
    Et ses amours.
Vers lui que va l'enfant qui court tout d'une haleine
    Aux plus beaux jours.
Précurseur de l'été : lilas, blanc diadème,
    De nos bois.
Si tu jaunis et meurs, va, je t'aime quand même
    Ami des rois.
. . . .
Il a neigé déjà des lilas, blanc cortège
    De nos jardins.
Le rossignol module à cette aimable neige
    De gais refrains.

Fleurs et Baisers

A Mme la Comtesse M.

C'est un ange blond qui sema les roses,
Les lis tout d'ivoire et les frais lilas ;
C'est un ange aussi qui mit sous nos pas
Les mille fleurettes au printemps écloses.

Mais il oublia de semer sur terre
La moisson d'amour des joyeux baisers :
Et cet ange, ami des fleurs d'orangers,
Quitta, sans remords, le vaste parterre.

Mais le Maître avait un projet plus vaste
Et, sur notre terre, envoyant l'amour
Mit, sous chaque fleur, un joyeux bonjour
Avec le baiser d'une lèvre chaste ;

« Va, dit-il un jour à l'ange aux fleurettes
Donner un langage à chaque moisson
Marie la fauvette avec le pinson
Répands tes baisers sur les mignonnettes.

Et, de Cupidon, la tâche fut faite
L'homme sut aimer ce charmant séjour
Que lui fit, de Dieu, l'aumône parfaite.
Et pour qui l'oiseau chante chaque jour.

Moi j'ai fait, pour vous, ma moisson, Madame,
Et, sous chaque fleur se trouve un baiser
Malgré que mon cœur soit un étranger
Recevez ces vœux éclos de mon âme !

Bonne, heureuse fête ! et Vive Marie !
Ayez le bonheur... dans votre foyer !
Puissiez-vous avoir l'écho d'un baiser
Qui sache émousser les chagrins de vie !

Jour de Pluie

Aujourd'hui, le ciel est plombé
Les roses ont courbé cette tige
Où le papillon qui voltige
Etait heureux d'être posé.

Les peupliers secouent au vent
La détresse d'un jour de pluie,
Le firmament couleur de suie
Semble pleurer amèrement.

On entend aboyer le chien
Tristement, comme en une plainte
Le vent module sa complainte
L'oiseau, dans son nid, ne dit rien.

Les paysans sont rassemblés
Sous l'arbre, immense parapluie
Ils regardent tomber la pluie
Qui, lentement, les a mouillés.

Pour eux, pourtant, c'est un beau jour
Car le paiement de bien des peines
Va leur rendre les gaîtés saines
Et réjouir leur prompt retour.

Lui !

(ACROSTICHE)

Devant la cotte de mailles
de Villiers de l'Isle Adam.

Vaillance ! Héroïsme ! était sa devise
Il fut le premier au feu des combats
Le héros de Rhodes ! et tous ses soldats
Le suivaient malgré l'effroyable crise.
Il fallut lutter contre le malheur
Et pendant un an, supporter le siège
Rien ne l'arrêta... Et, quand tout l'assiège
Sa foi lui conserve un espoir au cœur.
De l'Isle-Adam sait ce qu'est Soliman
Et, près du héros, qui cherche victoire
L'héroïque preux se couvre de gloire.
Il montre qu'il est un vrai Lisle-Adam. —
Savoir garder sa foi ;... sous la cotte de mailles
Laisser battre un cœur malgré le danger
Est, pour le Grand-Maître, un péril léger. —
Amoureux surtout du feu des batailles,
Dévoué soldat, salut ! car les ans
Au lieu d'oublier le fer des mitrailles
Mirent gloire au front de tous tes enfants !

Plus bas !

———

Plus bas quand tu soupires ! oh ! plus bas, pauvre cœur
Plus bas lorsque tu souffres un douloureux martyre
N'attriste pas l'enfant qui te voudrait sourire
Ne lasse pas celui qu'ennuierait ta douleur !

Tu souffres en ton corps... Eh ! Jésus le sait bien
Il a souffert, hélas ! un plus cruel supplice
Plus bas si tu te plains, pour que ton sacrifice
Ne soit su que de Lui qui ne repousse rien !

Plus bas ! pauvre exilée ! oh ! ne te répands pas
Ta plainte ne ferait qu'accroître ta souffrance,
Ne perds jamais courage et garde l'espérance :
Là-haut c'est le bonheur, quand on souffre ici-bas !

Les Lis de la Famille

Il est des cœurs bien purs que le bon Dieu se garde
Pour embellir, là-haut, son azur constellé
Mais il en est aussi que son grand cœur, regarde
Pour fleurir le jardin bien nu, de l'exilé.

Ce sont de nouveaux anges et de nouvelles fleurs.
Ainsi que les premiers, leur àme reste pure
Et, des lis parfumés, elles ont les senteurs
Le vice n'y a point posé sa lèvre impure.

Ces cœurs, ce sont les vôtres, ô douces jeunes filles ;
Par vos vertus souvent vous calmez la douleur
Vous êtes les beaux lis tout blancs de vos familles
Car vous avez gardé l'innocence en sa fleur,

Gardez, gardez en vous la bonté qui sourit !
Conservez votre cœur et votre âme sensible,
Le monde ne pourra jamais être insensible
Quand il verra si blanc, le beau lis qui fleurit !

Vœux d'une Exilée

des bords de la Caspienne

A M. F. Coppée.

Ma plume est émoussé où la vôtre est artiste
Je bégaie, il est vrai, où vous savez voler
Mais mon cœur ne veut point faire une longue liste
Des souhaits que, pour Vous, son espoir va chanter.

Vous m'avez accueillie avec un franc sourire
Alors qu'après deux ans d'un douloureux exil
Mon âme alla vers vous, des pleurs à chaque cil,
Pour demander appui et bonheur pour sa lyre.

Soyez heureux poète, et soyez heureux homme !
Que le bon Dieu, sur Vous, répande son amour !
Jouissez chaque jour du bonheur qui se nomme
Charité, et qui met des roses en ce séjour !

Que votre corps brisé par les ardentes veilles
Connaisse encor, pourtant, l'ineffable trésor
Qui vaut pour nous bien plus qu'un vil métal d'or
Et qui met à nos fronts des étoiles pareilles.

N'ayez pas d'ennemis pour attrister la route !
Enfin... soyez heureux ! c'est mon vœu le plus cher
Ne trempez pas vos lèvres à ce nectar amer
Qu'on appelle les larmes et qui naissent du doute !

Amie !

A Madame K..... au Caucase.

Lorsque mon esquif que Dieu guide
S'est arrêté auprès de Vous,
Ma paupière, encor bien humide
Me montrait un désert aride
Là où l'exil me devient doux.

J'avais craint trouver, pauvre fille
La froideur avec ses glaçons
Dans cette nouvelle famille
Où j'arrivai. L'espoir qui brille
Me montre aujourd'hui ma charmille
Pleine de roses et de boutons.

Je ne suis qu'une humble étrangère
Mais permettez que mon amour
Madame, à votre cœur de Mère
S'attache ; et que mon âme espère
Un peu de joie en ce séjour !

Et, pour avoir cette espérance
Je voudrais que vous me donniez,
Madame, un nom que la souffrance
Se plaît à dire et qui commence
Le bonheur pour qui sait aimer !

Ce nom : votre cœur le devine,
C'est Amie que je veux nommer
Et, pour que toujours je chemine
Cueillant des roses d'aubépine
Ce nom, veuillez me le donner !

Les Fils de la Vierge

Ils étaient là, sylphes aériens,
Charmant mes yeux, lassés par les alarmes
L'air était pur, et pour de mille riens
L'oiseau chantait sous la ramure en larmes
Le train fuyait : la France était bien loin
Et, cependant, ces beaux fils de la Vierge
M'en rappelaient un délicieux coin. —
Puis les étoiles, en formant un long cierge
Me dérobaient aux langoureux débris.
Le train fuyait, me cachant les semis
Qui m'auraient dit bien des plaintifs accents.
. . . .
Fils de la Vierge, ne fuyez pas ma route
Quand je serai bien loin des chers absents
Venez pour moi de la superbe voûte :
J'aurai besoin de vos sylphes d'argent.

Mer d'Azov

Sous ses longs plis, elle frissonne
La mer d'Azov ; et je la vois,
En sa robe au flot monotone,
Un frêle esquif s'y perd parfois.
Sur ses côtes aimées des Russes
La Crimée a posé son cœur,
Et l'œil étincelant de Prusse
A même envié son bonheur.
Le Don, coursier long et avide
Vient dans la mer ; entre les bras
De cette nappe encor liquide
J'entends des voix parler tout bas.
Ces voix me disent : « Fugitive
Où vas-tu, loin de ton doux sol ?
Arrête-toi donc sur ma rive ! » —
Sans écouter, je prends mon vol
Vers les pays où Dieu m'envoie
La mer disparaît de ma voie
Dans un doux chant de rossignol.

Pour vous

A Madame Marie.

Si vous saviez combien mon pauvre cœur vous aime
Combien aussi mon âme a pour vous de l'espoir,
Dans ce pays perdu, dans un horizon noir,
Si vous saviez ! mais non... l'ami intime même
N'a jamais su combien un autre cœur l'aimait.
Oui, je vous aime, moi, avec une espérance
J'estime votre amour : il m'évoque la France ;
Votre voix me rappelle un écho qui berçait
Ma barque... tout là-bas... après chaque souffrance.

Mais si, moi, je vous aime, et si j'ai mon espoir
En pensant que, pour moi, vous êtes une Amie
Ce n'est pas pour un jour dont si vite est le soir,
Non ! je veux vous aimer ainsi toute la vie,
Et viens vous demander de prendre, de mon cœur,
Un coin des plus sincères et de m'ouvrir le vôtre !
Ne me refusez pas : vous savez mon malheur
Aimez-moi ! que longtemps le mot espoir soit nôtre !

A toi, Mer !

Où vas-tu, mer immense, aux flots multicolores,
Lorsque tes hautes vagues mugissent tristement ?
Où vas-tu, quand de feu, soudain tu te colores,
Lorsque le ciel se mire en ta nappe d'argent ?
Moi, je te suis des yeux et vais vers l'inconnu.
      Mais toi, mer, où vas-tu ?

Que dis-tu, triple écho de ciel, de terre et d'onde,
Parole sans adieu, soupir..... mugissement ?
Que dis-tu, reine assise au confluent du monde,
Quand la tempête est noire, et ton flot menaçant,
Le matelot tremblant, parle d'espoir perdu,
      Et toi, que lui dis-tu ?

A qui donc en veux-tu, abîme de l'espoir !
Lorsque tu te refermes engloutissant des vies ?...
Quand, du marin, tu prends le cœur en désespoir,
En te jouant avec des épaves ravies,
A sa barque brisée... Ah ! mer, il est perdu !
      Réponds ! Que lui veux-tu ?

....

T'ai-je dit, vaste lice où plus d'un secret dort
Pourquoi mon cœur est triste, et pourqnoi, de ma France,
J'ai dû quitter le ciel où mon amour s'endort.
T'ai-je dit mon chagrin ? et sais-tu ma souffrance ?
A ton flot qui me parle, ai-je un jour répondu ?
   Réponds, mer... que dis-tu ?

Tu me dis que tu vas où Dieu te dit d'aller
Ton flot dit à mon cœur de garder l'espérance
J'entends en ton murmure un nom qui sait calmer
La peine qui m'attriste en me parlant de France.
Va, mer, eau diaprée, garde-lui mon amour
   Plus d'un long jour !

Nigro notanda lapillo.

Pourquoi te prononcer, date, pour qui mes larmes
N'ont pas assez de fiel pour longtemps te pleurer ?
Deux ans se sont passés et, depuis, que d'alarmes,
Que de chagrins amers, mon âme, à déplorer
Supporta les douleurs qui tracèrent leurs rides,
Dans mon cœur tout brisé, pareil au cœur en deuil
Cette date est rivée en de sillons arides
A mon front, triste, hélas ! comme l'est un cercueil.

Mon cœur souffre ! et mon corps épouse sa souffrance
Je suis brisée, hélas ! et je cherche l'espoir
Je me souviens d'hier, d'aujourd'hui, de ma France
Et je sens l'avenir sombrer dans un pli noir.
Mon Dieu ! Console-moi ! Toi seul sais ma misère
Toi Seul es grand ! rends-moi tous ceux que j'ai perdus.
Ma Patrie et sa joie et le cœur de ma Mère,
Donne-moi, si Tu veux, patience et vertus,
Mais soulage mon cœur, donne-lui, ô mon Père,
Un peu de ce bonheur que jamais il n'a plus.

Povera !

————

Où vas-tu jeune encor ? Où fuis-tu fugitive ?
Pourquoi tes yeux sont-ils pleins de larmes, et pourquo
Toi qui pouvais rester sur les bords de ta rive
Vas-tu si loin... si loin... Povera, réponds-moi !

Ta Mère est sur le seuil qui pleure et qui t'appelle
Pourquoi la fuir, enfant, quand tu pouvais l'aimer ?
Là-bas, d'où tu partis, la mer était si belle...
Venise te riait quand tu voulais pleurer !
Povera ! Povera, réponds !... C'est l'espérance
Qui revient te sourire... Et tu la fuis toujours
Allons ! revis un peu, oubliant tes souffrances,
L'âme a ses souvenirs ; le cœur a ses amours.
. . . .
Mais elle fuit toujours. Dans sa course rapide
Ses cheveux, tout dorés, brillent comme un soleil,

Sa taille se redresse, et de sa lèvre avide
S'échappent quelques mots qui me donnent l'éveil.
Parti ! Toujours l'aimer ! » Povera ! Pauvre folle :
L'amour a, de ton cœur, envahi la moitié.
Il est parti, dis-tu, et rien ne te console
Povera ! Povera ! que tu me fais pitié !

Neige

—

Lentement elle tombe, fine,
Comme un sylphe aimé des autans ;
En la voyant, je m'imagine
Etre à votre âge, heureux enfants !

Mais l'illusion n'est pas longue
Et la neige qui tombe ainsi
Est pour moi la triste harangue
De la tristesse. Elle est aussi
L'image du deuil qui gravite
Au seuil de notre vie en fleurs.
Semée de chagrins, de douleurs :
La neige tombe un peu moins vite
Et cache, au moins quelques bonheurs.
Mais, de nos yeux, les tristes larmes
Que nous versons, à peine nés,
Ne cachent en leurs sombres alarmes
Que les chagrins en nous innés.

Tombe, ô neige froide et protège
L'enveloppe que tu blanchis.
Tombe, ô qu'importe ! Tombe ! ô dussé-je
Pleurer le jour que je franchis.
C'est que ton aspect me rappelle
Un jour où tu tombas soudain
Depuis... neige... mon cœur t'appelle
Mais ne te veux qu'un lendemain.

Le Caucase

Il domine... imposant sa muraille géante
Aux deux ondes admirant sa crête et son contour,
Fier d'être ainsi le roi que l'admirateur chante
Il voit le vol de l'aigle et commande au vautour.
Soumises, à ses pieds, deux reines sont assises :
La mer Noire, aux longs flots, et près d'elle sa sœur,
La Caspienne, saluent le géant lourd d'assises,
Et lui chantent aux longs jours un hymne de bonheur.

Caucase ! sur tes flancs l'ombre mythologique
Erre encore malgré le temps qui toujours fuit.
Prométhée, dérobant une clarté magique
Aux Cieux, pour animer l'être qu'il crée sans bruit
Se voit, par Jupiter condamné tristement.
Rivé à ton haut pic sans aucune espérance
Le malheureux, perdu au sein du firmament
Par un vautour sanglant apprit l'âpre souffrance.

Caucase ! ô roi puissant des quatorze cités
Qui vivent à ton profil, le cœur plein d'espéranc
Abaisse tes regards, et vois à tes côtés
Les exilés partis du beau pays de France
Et pour eux, dans la brise, ou bien dans l'aquilon,
Réserve des soupirs pleins de pitié profonde.
Pour ces cœurs esseulés que n'aime pas le monde
Et qui pleurent leur Patrie avec son horizon.

De loin

A Madame Delzant.

L'hirondelle en voyant le ciel bleu qui ramène
    Joies et beaux jours,
Presse son aile vive et son espoir la mène
    A ses amours.
Du plus loin qu'elle voit les bourgeons, les ramures,
    Le cœur lui bat.
Sans craindre le mirage, elle évoque verdures
    Et ne craint pas :
C'est qu'elle aime ! eh bien, moi, je revois, de la France
    Quand vient la nuit,
Chaque toit qui m'est cher, chaque fleur d'espérance
    Qui, pour moi, luit.
De loin, mon cœur toujours sait rêver aux pénates
    Qu'il a laissées ;
Aux étoiles qui brillent, et, nouvelles agathes,
    Sont irrisées.

Oui, Bakou, c'est Russie et l'altière Caspienne
      C'est l'étranger.
Mais, de loin, mon cœur veut que l'âme se souvienne
      De partager
La douce affection qui m'aide et me soutienne
      Dans le danger.

....

L'absence est un grand mot quand l'oubli est son frère ;
      Mais, de si loin,
Je me souviens de Vous, bonne comme une Mère,
      Et j'ai besoin
De vous dire Merci, et d'avoir l'espérance
      Que, pour toujours,
Votre grand cœur, du mien, gardera souvenance.
      De bien longs jours.
Oui, je prierai pour Vous le Dieu qui, sur ma route
      M'a préparé.
Un coin de votre cœur où n'erre point le doute
      Dard acéré.

Bienvenue

Au grand poète François Coppée.

La souffrance est venue, avec son long cortège
Attrister votre cœur par son lugubre écho,
Mais elle a reculé : l'Ange qui vous protège,
Poète, l'a chassé avec l'ombre d'un mot !

Car nous Vous aimons tant, nous tous, Fils de la France,
Avec nos vœux ardents qui montent vers les Cieux,
Nous forçons le bonheur, nous forçons l'espérance,
A vous rendre la joie, à vous garder heureux !

Pourquoi faut-il, hélas ! que jusques au génie,
La douleur, la souffrance, aillent poser la main ?
Pourquoi faut-il des pleurs au champ de poésie ?
Pourquoi faut-il souffrir aujourd'hui puis demain ?

Mais oubliez, poète, oubliez ce qui passe !...
Paris vous a pleuré, puis vous voit revenir ;
L'hirondelle, avec vous, pose son aile lasse
Tout près de votre toit que Dieu saura bénir.

Espérez ! L'espérance est heureuse au poète :
Sa note est, pour la lyre, un sympathique accord
Et, pour chanter la vie, alors rien né l'arrête
Espérez ! Votre vie aura des rayons d'or !

Salut, Suisse !

A Mlle Emma Quinche.

Salut à ton beau sol, ô Suissesse et Amie
L'écho m'a renvoyé les longs soupirs du vent
Qui se plaint et murmure. Et sa plainte souvent
Redit ton nom bien bas... Salut, verte Patrie !

C'est bientôt le printemps, là-bas, sous la ramure ;
Neuchâtel va gaiement sourire et puis chanter
Car l'hirondelle avide, avec son aile pure
Reviendra te sourire et son nid t'enchanter.

Tes lacs, cristaux d'argent, où le ciel bleu se mire,
Vont reprendre leur chant, qui berce et qui mugit ;
Les bourgeons entr'ouverts où printemps semble rire
Vont hasarder leurs pointes où l'avenir surgit.

Dans le creux de tes arbres, aux cîmes séculaires,
Les Vierges des bergers auront des rêves d'or,
Car des cœurs réjouis, aimants et légendaires,
Viendront s'agenouiller pour les prier encor.

Salut !... Guillaume Tell fut ton héros, je t'aime.
Suisse, à toi les cascades où vont boire les geais.
Salut à tes prairies ! à ce grand diadème
De verdure où, parfois, semble noircir le jais.

A toi, lettre de France

Simple feuillet, toi qui me viens de France
Tu ne sais pas combien mon cœur privé
Se met à battre, alors que l'espérance
Avec tes mots, sourit à l'exilé.
Tu ne sais pas, petite messagère,
Que, sous tes plis, parfois, c'est le bonheur
Quand je te lis sur la terre étrangère
Je crois revoir les miens, toucher leur cœur.
Dis, n'es-tu pas semblable à l'hirondelle,
Qui, sous sa plume, attiédit le printemps ?
Je te voudrais, comme à l'oiseau, son aile
Simple feuillet, que j'attends si longtemps !
Que de baisers sous la ligne noircie,
Que brûle, aussi, une larme d'amour,
Lettre de France, oh ! je te remercie,
Tu m'aides un peu dans l'étranger séjour.
Viens plus souvent ! viens, et sois plus active
Viens consoler ce cœur toujours enfant !
Et que, demain, mon âme fugitive,
Vole là-bas, par tes mots, un instant !

Neige d'Eté

●

Le Caucase géant aux dômes émaillés
   Garde encore quelques épaves
De diamants ensoleillés
   Faits de flocons éparpillés
     Le long des gaves.

Sur l'Elbrousse aux flancs entr'ouverts
   Le tapis est tout blanc de neige
Et cependant les coins sont verts,
   De mille étoiles d'or couverts
     Que Dieu protège.

Les vaches, au pied du blanc sommet
Broutent en paix son herbe tendre
Et les gais pasteurs font entendre
Des chants que l'écho leur transmet
     Pour les reprendre.

La première étoile a paru
Nouveau diamant qui scintille
Frère de la neige qui brille
Sur le faîte au sommet ardu... —
Et moi, étrangère en ces lieux
Regrettant le pays de France
J'admire un site où ma souffrance
Retrouve une ombre d'espérance
En contemplant l'azur des cieux.

Aimez-vous ?

J'aime la solitude et j'aime la campagne,
J'aime à aimer !
Mon cœur se plait avec une douce compagne,
J'aime à rêver !
. . . .
Aimez-vous quand la lune à nos yeux ose à peine
Nous éclairer !
Aimez-vous quand l'oiseau éperdu, hors d'haleine
Fuit l'épervier ?

Aimez-vous quand Avril a mis sa robe verte
Et son collier ?
Moi j'aime mieux Novembre où la feuille d'or reste
A sommeiller.

Aimez-vous ? Je voudrais aimer au cœur de France
Même en souffrant ;
Je tournerais alors les feuillets d'espérance
Même en pleurant.

11 Août 97

Le ciel avait choisi son azur le plus beau
Et les cœurs exilés du beau pays de France
Retrouvaient ce jour-là le sentier d'espérance
En entendant vibrer le chant de leur drapeau.

Tous l'écoutaient muets ; et mon âme Française
Battait à l'unisson avec le chant joyeux
Et l'écho si vibrant de notre Marseillaise
A fait jouir mon cœur et fait pleurer mes yeux.

Mais les fronts se découvrent et l'on reste debout...
Pourquoi ? C'est qu'à présent l'hymne de la Russie
Pleure sous chaque corde et soupire surtout
Faisant battre les cœurs avec sa voix amie.

Bogé Tsara Krani ! Les oiseaux se sont tus
La brise, pour l'instant, cesse son doux murmure
Seuls, les accents aimés sont, de tous, entendus :
Bojé Tsara Krani ! Tout pleure en la nature.

Pourquoi ces chants ! Pourquoi ces hymnes nationaux
De deux peuples aujourd'hui ! C'est pour souder l'alliance
De France et de Russie, et pour que l'espérance
En l'avenir lointain compte des renouveaux.

Rivièrette

Source argentine, ô toi qui coules
Au pied du mont, près du rocher
Dis-moi si dans tes plis tu roules
Une onde propice au nocher.

Dis-moi si, quand la nuit est noire,
Tu murmures un mot de là-bas ;
Dis-moi si ton ruban de moire
Comprend ce que je dis tout bas.

Tout dort ici ; rien ne m'écoute
Que Dieu, pour toi, ruisseau cristal
Et, sans que ton flot ne s'en doute,
Je lui raconte tout mon mal.
Je souffre ! oh ! rivière agile
Cours, glisse, et va dire à l'oiseau

De fendre cet azur fragile
Après avoir bu de ton eau.
Dis-lui, source que mon cœur aime,
D'aller bien loin, plus loin encor
Raconter ma souffrance extrême
Au long flot qui semble un lac d'or.
Ce flot, vois-tu, arrose France
Dis-le bien à ton messager
Et, si tu guéris ma souffrance
Source ! ah ! mon luth veut te chanter.

Les pleurs du Violon

Il pleurait les larmes vibrantes
    De sa chanson ;
On eût dit les cordes mourantes
    De l'abandon.
Sous les doigts sûrs de chaque artiste
    Il gémissait.
Chaque note était l'améthyste
    Qui me charmait.
Il pleurait chaque feuille morte
    Qui s'envolait ;
Il pleurait... Mais le vent emporte
    Ce qui passait...

J'ai gardé, dans ma souvenance
    Des pleurs amers
J'ai gardé plus d'une espérance
    Des accents chers.

La Montagne

Sous l'azur des cieux elle cache
  Ses mille fleurs ;
Sans qu'aucun être humain n'en sache
  Les vraies senteurs ;
Elle est si ardue et si haute
  Avec sès rocs
Que l'œil ne peut errer sans faute
  Parmi ses chocs.

La brise aime à souffler, craintive
  Sur ses hauts monts ;
L'oiseau, d'une aile fugitive,
  Baise ses fronts.
La vache, au pied, broute, charmante
  L'herbe qui croît
Et la libellule tremblante
  Y fait son choix.

Mon cœur, au pied de la montagne
    Aime à rêver
A mon pays, à ma campagne
    Chère à aimer
Je dis à l'oiseau de passage
    Qui va là-bas
D'emporter ce lointain message
    Qui n'attend pas.

. . . .

O montagne ! Asile où le monde
    Me laisse en paix
Je t'aime d'une ardeur profonde
    A tout jamais.
Entends le cri de la souffrance
    Qu'un cœur te dit :
Quand reverrai-je au sol de France
    Le premier nid ?

Le retour des Vaches

Sur la montagne où le soleil
Jette un dernier regard vermeil
Le troupeau lentement s'amène
Sous l'œil du guide qui les mène
Regrettant, une fois encor
Le gai soleil aux rayons d'or.
L'herbe tendre de la prairie
Et les sentiers pleins de féerie.

Les vaches, une à une, ont paru
Et la montagne a disparu
Chaque ferme, dans le village
Revoit avec ris son partage.
....
Les portes s'ouvrent à deux battants
Les vaches rentrent en beuglant
Regrettant une fois encor
Le gai soleil aux rayons d'or.

L'Orphelin

A son berceau, alors qu'il n'avait plus de Père
Il se souvient d'avoir entrevu, de sa Mère
      Le doux regard
Il se souvient aussi du baiser long et tendre
Que le soir lui rendait si charmant à entendre
      Même un peu tard.

Mais un jour vint, hélas ! où commença la vie
Triste et vide d'espoir, sans une ombre chérie
Sa Mère le laissa pour entrer dans le ciel.
Il pleura, l'orphelin, sans aucune espérance :
Personne ne venait consoler sa souffrance
Et, dans les cieux voilés, pour lui, pas d'arc-en-ciel.

Mais Dieu fut un bon père et sut calmer son âme.
Par la prière pure à la touchante flamme
La charité, vers lui, accourut en chantant ;

Et, dans une chapelle où l'humble religieuse
Adore son Jésus, avec l'âme pieuse,
Il vint prier aussi le Dieu petit enfant.

Que de jours il passa dans ce pieux asile
Trouvant, dans le travail un joug toujours facile
Une Mère bien douce et l'aimant chaque jour ;
Et, pour cet orphelin au cœur rempli d'amour,
·L'avenir, tout à coup, se teintait d'espérance
Et le joyeux sourire emportait la souffrance.

Aujourd'hui c'est un Prêtre. Il est rempli de zèle
Son cœur est élargi : aucun mal ne s'y mêle
Il rêve que sa Mère a béni son enfant ;
Que son Père est là-haut lui tressant sa couronne
Et rempli de l'espoir que le Seigneur lui donne
Il vole chaque jour vers les Cieux en chantant.

A Lermontoff, poète du Caucase

(Vers gravés sur un rocher)

L'assise géante est pareille
  Al'abandon ;
Mais l'aurore pure et vermeille
  Est son balcon.
C'est là que l'illustre poète
  Simple soldat
A la nature faisait fête
  Hors du combat.
Et, depuis, le nom de génie
  Qui l'a chanté
Est resté gravé sur la lie
  Du roc hanté.

Une larme

Tombe de mes yeux, larme amère
Tombe sur la page qui fuit
Roule... roule... sois la dernière
Dans l'onde claire qui s'enfuit
Pourquoi le chagrin, les alarmes
Ont-ils creusé ta source, dis ?
Pourquoi tes sœurs sont-elles larmes ?
Jamais tu ne me répondis.

L'œil étranger qui te voit naître
Perle amère, au bord de mes yeux
Sourit sans vouloir reconnaître
L'objet de mes pleurs douloureux.
Larme, toi, tu sais que ma France
Est bien loin pour mon pauvre cœur.
Oh ! deviens larme d'espérance !
Sois-moi sourire et non douleur.

Les Cosaques de Tiflis

A cheval, sur leurs fiers coursiers
Les Cosaques se fraient la route
Et, sans qu'aucun d'eux ne s'en doute
Ils semblent des princes altiers.
Leurs cartouchières rebondies
Sont un défi pour le passant
Leurs mines ont l'air réjouies
Ils vont sous les cieux en chantant.
Tiflis entend la course folle
Des chevaux des futurs guerriers
Et voit flotter, en onde molle
La crinière des fiers coursiers.

Sanglots

Le vent hurle... la mer se lamente
L'oiseau se plaint
La neige tombe... et la tourmente
Lui tend la main.
La tempête mugit et gronde ;
L'étoile, aux cieux
Se dérobe en la nuit profonde
A tous les yeux.

On entend les sanglots tragiques
D'oiseaux de mer
Les sons lamentables et féeriques
Du lac amer.
Et, pour diapason nocturne,
L'écho, sans voix
Se perd dans cette insondable urne
Qui le reçoit !...

Il sanglote avec la nature
Et, dans mon cœur
J'entends comme un triste murmure
Qui me fait peur.

Sanglots de mer ! Sanglots qu'écoute
Un exilé
Sanglots qui pleurez sur la route
Du cœur brisé.
Oh ! n'allez pas si loin que France
Arrêtez-vous !
N'arrachez pas son espérance !
Et restez-nous !

Si tu savais, !

(Bakou 1898)

Oiseau mignon, toi qui, sur ma fenêtre
Dès le matin, t'essaies à gazouiller,
Si tu savais ! tu volerais peut-être
Où le soleil de France a dû briller.

Si tu savais ! petit être sans âme
Ce que je souffre au pays étranger
Tu gémirais de n'avoir pas de flamme
Pour réchauffer ce cœur mis en danger.

Lorsque tu chantes et lorsque ma prière
S'élève à Dieu quand je suis à genoux
Tu ne sais pas que ton aile légère
Pourrait planer, là-bas, au front des houx.

Si tu savais !... si ton aile craintive
Voulait franchir les espaces perdus
Petit oiseau... tu passerais la rive
Si tu savais ! mais tu ne m'entends plus !

Ha depery ozepa

Au bord du lac

Là-bas, bien loin d'ici, au pays de ma France
Quand j'étais une enfant, j'aimais à contempler
Les eaux du lac tremblant où chantait la romance
    Que j'aimais à me rappeler.

J'allais là pour mieux voir, se penchant, frissonnante
    La libellule bleue en son corsage noir
J'allais, pour voir l'oiseau, de son aile tremblante
    Toucher le flot du frais miroir !

J'aimais ! et maintenant, je n'en sais plus la joie !
Le lac de mes beaux jours n'est plus qu'un souvenir !
Au bord de cette mer l'écho ne me renvoie
Que des plaintes et des sons qui me font bien gémir.
Oui, près du lac amer je ne suis plus la même.
Car mon âme est en deuil.. Rendez-moi mon pays !
Rendez-moi mon doux ciel avec tous ceux que j'aime
    O lac qui m'avez tout repris !

A un cachet vert

(Sur le verso d'une enveloppe).

O cher petit cachet ! toi qui soudes la lettre
Que mon Père adoré m'envoie au lieu d'exil
Combien je te respecte ! oh ! je veux te promettre
De te garder toujours à travers le péril !

Tu portes avec toi le sceau des confidences
Tu gardes la missive et tu sais le chemin
Qu'elle a suivi, pleine de confiance
Ah ! petit cachet vert, je te serre en ma main.

Deux lettres sont gravées sur ta cire et mon âme
Quand ma lèvre te baise en te voyant briller
Revit au sol de France et retrouve une flamme
Pour sourire et puis pour aimer.

Ces deux lettres sont celles du doux nom de mon Père.
Intactes, elles figurent un coin de ce grand cœur
Où ma place demeure, en qui j'ai foi, j'espère ;
Qui me console un peu, au milieu du malheur.

O petit cachet vert, emblême d'espérance
Laisse mon œil en pleurs te regarder encor...
Laisse-moi te baiser, tu me parles de France,
De ce sol de Patrie où je crains peu la mort.

Le Bateau

Sur la mer aux flots blancs d'écume
Mille barques s'inclinent au vent :
Mon œil les regarde souvent
Voilées par un brouillard de brume.
Mais lorsque le bateau géant
Qui devrait connaître ma France
Siffle son long soupir bruyant
Mon cœur palpite d'espérance.

Le voilà ! le grand mât de hune
Est levé, la voile est au vent
Et, bientôt, les rayons de lune
Remplaceront l'astre levant.
Il part ! adieu, géant sublime
Tu portes bien des passagers
Quand tu reviendras, maritime,
Attends les doux sylphes légers.

L'Espoir

Dans mes rêves, enfin, luit une espérance,
Car mon cœur esseulé loin du pays de France
S'est juré que, bientôt, si le bon Dieu le veut
Je reverrai le sol, objet de tous mes vœux.
Oui, l'espoir, maintenant, caresse ma pauvre âme
Et lui remet, soudain, au cœur, une autre flamme.
J'espère ! ô mot divin qui nous tomba du ciel
Entre les deux rayons du céleste arc-en-ciel.
Ah ! je reverrai donc ma joyeuse Patrie.
J'embrasserai gaiement mes Parents, mon Amie
Est-ce un rêve ? et mon cœur n'est-il pas abusé ?
Non, non, je vais quitter ce pays de risée
Ce sol où, pour le cœur, il n'est pas de prestige
Où je ne pouvais vivre à moins d'un pur prodige
Bakou ! je vais partir ! et l'espoir est à moi.
Garde ta mer mauvaise et tes grands vents pour toi !

Ciel étoilé

Ce soir, les diamants s'irisent
Dans le velours du ciel d'azur
L'oiseau s'endort dans un chant pur,
Et les vagues, là-bas, se brisent.

Les diamants parlent espérance.
Ils sont tout frissonnants, ce soir
Et moi, pour calmer ma souffrance,
Je rêve à leur bel encensoir.

Peut-être, étoiles magnifiques,
Richesses du ciel constellé
Me cachez-vous, pures et magiques,
Un diamant dans l'or scellé.

Pour moi, qui pleure ma Patrie,
N'avez-vous pas, dans votre écrin,
Une sœur malade ou meurtrie
Qui se rallumerait soudain. ?

Ah ! si vous avez la mignonne
Qu'elle soit mienne, ô beau ciel bleu
Sans dépareiller ta couronne ;
Je dirai mon merci à Dieu.

Brille pour moi, jusqu'à l'aurore
Etoile d'or, pur diamant
Demain, que je te parle encore
O mon étoile astre charmant !

Missive

———

Je t'ai baisé, je t'ai relu
Léger feuillet, sylphe de France.
Tu m'as rapporté l'espérance :
Je t'ai baisé, lu... puis relu.

Tu renfermes un peu des senteurs
Du pays que mon âme appelle
Tu sens la brise. . et ta nouvelle
Renferme en soi bien des senteurs.

Le pays d'où tu viens, missive,
Ne sait pas que je l'aime tant !
Et je voudrais revoir, pourtant
Ce pays d'où tu viens, missive !

Encor un baiser, une larme
Pour toi, petit mot « Au revoir ! »
Pour toi, qui me donnes l'espoir,
Encor un baiser, une larme !!

La Source

Près d'elle les petits oiseaux
Trouvent la table toujours mise :
Ils boivent de son eau exquise
En se penchant sur les roseaux.

Son murmure tout poétique
Invite au repos, le passant
Les bords ont un air ravissant
Et son cours un aspect férique.

Le bouton d'or aux frais contours,
Fleurit, avec l'herbe tremblante
Et l'hirondelle sémillante
Vient un instant boire à son cours.

Filet d'argent, source paisible
J'aime à te voir, lorsque tu fuis,
Rouler, dans ta course flexible
Les mille et un petits débris.

Tu sais, source, toi si limpide
Ce que je t'ai conté tantôt
Ne me trahis pas de sitôt
Confidente à l'âme liquide.

L'Eglise et la Montagne

Sur le mont plein de fleurs
Embaumé de senteurs
L'humble église se cache ;
Et près d'elle la vache
Broute, près de ses sœurs
L'herbe aux saines odeurs.

La clochette qui sonne
Le Dimanche, fredonne
Un air plein de gaîté
Au paysan hâlé.
Et chacun abandonne
Le travail qui foisonne
Dans ces beaux mois d'été.

Alors, l'âme se presse
Près du Dieu qui s'empresse
Pour nous voir à genoux

Dans un profond silence
L'office saint commence
Pour chacun et pour tous.

Eglise, ô saint Asile
Toujours calme et tranquille
Tu restes mes amours.
Je t'aimerai toujours.
Si loin de ma Patrie
Sois cette ombre chérie
Du plus beau de mes jours.

Les Poitrinaires

A Abastoumann (Caucase)

Par les sentiers riants, par les monts pleins de fleurs,
Pour s'enivrer un peu des suaves odeurs,
Le poitrinaire essaie les progrès de sa marche
Et, le visage pâle et triste en sa démarche
Il s'en va demander la vie à ces senteurs.

Une pénible toux déchire sa poitrine
Il sent peser sur lui, d'un Dieu, la main divine
Et pourtant il espère et s'en va lentement
Parmi les fleurs, les herbes au parfum délirant
Parmi les hauts sapins et la frêle églantine.

Il espère bientôt chanter sa guérison
Sur le plus gai refrain d'un pur diapazon.
Il ne voit pas hélas ! que l'une des trois Parques
A déjà, sur son front, tracé de tristes marques
Et que le ciel, bientôt, finira sa saison.

Tristesse

La nature est pourtant en fête
L'air est imprégné de senteurs.
Partout, c'est un tapis de fleurs
Et, pourtant, je courbe la tête
Sans sourire à tous ces bonheurs.

L'oiseau fait au nid sa prière
L'insecte s'agite gaiement
Le papillon va, folâtrant.
Et moi, triste sur une pierre
Je pleure plus d'un cher absent.

L'églantine me dit au passage
J'ai des roses pour te fleurir
Et veux te causer un plaisir !
J'entends bien son doux babillage
Et je ne songe qu'à le fuir.

Car, dans ce pays où tout chante
Pas un cœur ami près du mien
Ne me console ; et, pour moi, rien
Ne me plaît et ni ne m'enchante,
Pas même un humble petit chien.

Branches mortes

Le vieux sapin est arrivé
A l'apogée de sa vieillesse
Il revêt un air de tristesse
Et son tronc, au sol, est rivé.

Ainsi que deux grands bras tout nus
Il étend, vers les cieux, ses branches
Où pendent, tristes avalanches,
Des tronçons vieillis et tordus.

Les petits oiseaux tout peureux
Ne se perchent plus sur sa cime ;
Le poète n'a plus de rime
Pour chanter son air malheureux.

Seul, le cœur triste qui revoit,
En songe, ses gaîtés premières
Vient murmurer quelques prières
Sous les branches où le ciel se voit.

Murmures

La forêt s'est levée en son tapis de mousse
Sur la cîme des pins où l'émeraude pousse
Le chantre infatigable a murmuré soudain
De son gosier flexible, un doux et gai refrain.
Le feuillage s'agite ; et le vent, coursier leste,
Donne à la feuille souple, un air humble et modeste.
La source, au pied du mont, dit son chant matinal
Du réveil des humains c'est l'heure et le signal.
Depuis longtemps, déjà, moi, j'écoute en silence
Chaque plainte du jour dont l'aurore commence.

Sous le Rocher

Il est en haut de la montagne
    Un grand rocher
Dominant toute la montagne
    Sans rien cacher
La mousse lui fait une robe
    Un fin tapis
Et la fleur souvent s'y dérobe
    En gais semis.

Et moi, aimant la solitude,
    Loin des bruits fous,
J'y vais, sans nulle inquiétude
    Rêver de vous
O cœurs que j'ai laissés en France
    J'aime souvent
A promener ma souvenance
    Au bruit du vent ;
Alors, sous le rocher, je trouve
    Mon souvenir
Je vous revois et vous retrouve
    Avec plaisir.

Adieux à Abastoumann

Adieu, forêts et bois rouillés
Aujourd'hui tout ensoleillés !
Je viens, timide passagère
Effeuiller ma course dernière
Dans vos mille sentiers moussus
Que d'autres n'ont pas aperçus.

Adieu ! torrents, sources profondes
Adieu pour toujours, vastes ondes
Où mon regard a tant erré
Sur vos flots au reflet doré.

Adieu ! pays plein de mystères
Toi qui connais tant de misères
Et qui, muet, malgré le vent
M'a parlé, hélas ! bien souvent !

L'Automne à Cignak (Georgie)

Les arbres sont rougis de rouille ;
La montagne se couvre d'or ;
Le brouillard humide la mouille
Et le soleil y brille encor.
Chargés de baies toutes vermeilles
Les églantiers courbent le front
Les raisins dorés, dans les treilles
S'étagent gaiement sur le mont ;
Les ânons, pliant sous leur charge
Portent les fruits des grands jardins ;
Le ciel bleu, au couchant se marge
D'une raie d'or dans les lointains.

Salut automne ! ivresse austère
Salut ! vieux tronçons dépouillés
Salut bois remplis de mystère
Salut pays ensoleillés !

Devant un Ane tué

Pauvre animal, étendu sur la route
Criblé de coups, maigre, encor tout petit !
Ils n'avaient aucun cœur, sans doute,
Ceux qui t'ont fait mourir ainsi !
Georgiens à la main mauvaise
Brutes sans raison et sans peur
Prenez garde que Dieu ne pèse
Sur vous et votre méchant cœur.
Que vous avait fait ce pauvre être ?
Trop chargé, il n'avançait plus
Il souffrait, le pauvret, peut-être :
Vous le frappiez dessous, dessus.
Votre gourdin l'avait blessé ;
Pensez-vous que cette victime
Ne sentait rien, toujours frappé
Sans raison, sans cause et sans rime.

Ah ! je dois aimer mon prochain
Et, pourtant, devant ce pauvre âne
Etendu, sur l'herbe qui fane,
Tué par une horrible main,
Je sens je ne sais quoi dans l'âme
Qui se révolte et veut pleurer :
Je voudrais avoir une flamme
Pour haïr ou pour mépriser.

Solitude et Souffrance

C'est le soir. Aucun cœur ami
Ne vient consoler ma souffrance.
Je suis seule avec l'espérance
Que Dieu me laissa pour appui.
Mon lit m'est dur ; longues les heures
Que je passe avec mon souci
Sans entendre dans ces demeures
Un pas qui demande un merci.
Pas une âme qui me console
Pas une bête à caresser
Pas même la mouche qui vole
Pour me distraire et m'occuper.
Mais je prie et Dieu me regarde
Ma souffrance ainsi ne m'est rien
Mon bon Ange est là qui me garde
Et souffrir me devient un bien.

Dernière Étape

Le ciel est tout d'azur malgré novembre en deuil,
  Le soleil est en fête
Et moi, seulette, assise à l'endroit d'un cercueil,
  J'ai des soucis en tête.

C'est ma dernière étape ! et demain me verra
  Porter ailleurs ma tente
Je serai cet oiseau qui, chaque hiver s'en va
  Vers le ciel qui l'enchante.

Oui, je dois dire adieu à ce sol généreux
  C'est bien mon dernier jour
Et mon cœur esseulé parmi bien des heureux
  Va quitter ce séjour.

Les mille bruits d'ici m'apportent leur émoi ;
    Le gai moineau son ombre
Et moi, le regardant voler tout près de moi,
    Je deviens triste et sombre.

C'est que ne ne sais pas où je dois m'envoler
    Moi qui n'ai pas deux ailes
Je ne puis qu'espérer ct je ne puis voler
    Aux voûtes éternelles !

La Forteresse

Elle se dresse encor debout
La vieille et noire citadelle
Gardant béant dans chaque trou
La place qui parle pour elle.
Ici, que de pierres noircies
Manquent aujourd'hui à l'appel :
Le temps les a ensevelies
Sous la poussière du castel.
Les corbeaux s'y rassemblent en masse ;
Nouveaux soldats, nouveaux amis
L'un dort en paix, l'autre croasse
Formant un lugubre semis.
. . . .
Ainsi, tout ce qui fut du monde
Prend bientôt le deuil des hivers
Dieu, partout sème et partout sonde
La forteresse aux vents ouverts.

Tiflis hivernée

Décembre a gelé la colosse
Le ciel est sombre et l'on entend
Mugir, diapazon féroce
Le coursier, messager du vent
Les oiseaux fuient pleins d'épouvante
Plus de verdure ! et plus d'espoir
Ailleurs, ils vont dresser leur tente
Car l'hiver, pour eux, c'est le soir.

On voit voler, en larges bandes
Les corbeaux amis de l'hiver
Ils vivent de leurs contrebandes
Quand le froid, pour d'autres, est amer.

C'est la rude saison venue
Pour Tiflis et pour ses oiseaux
Pour les fleurs et les arbrisseaux
C'est l'hiver et sa bienvenue.

Loin de France

Sous le ciel de Russie où me mena mon cœur
Sous ce firmament froid, j'avais cru que mon âme
Ne pourrait plus rêver la douce et pure flamme
De cette affection d'où naît le vrai bonheur ;
J'avais cru, sous mes pas, ne fouler que l'épine
Et voilà que, soudain. l'ange de mon pays
De cœurs français aimants me fait un doux semis
Et je cueille gaiement la rose purpurine
Aux églantiers russes que l'ange m'a permis.
Oui, j'ai parlé de toi, ô ma France chérie
Avec des cœurs aimants, sympathiques et Français
Nous avons, de ton ciel qui fleurit à jamais
Evoqué l'hirondelle en qui tu crois, Patrie
Et moi, qui dois bientôt revoir ton bel azur
Je me suis un moment enivrée d'espérance
En revoyant des cœurs qui sont venus de France
De ce jardin des Cieux où le ciel est si pur.

Sans Soleil !

Non ! je ne puis vivre ainsi sans amour !
Sans ce mot du cœur qui dit : je vous aime
Je n'en puis plus, moi ! la nuit et le jour
L'absence m'a mise en un deuil extrême...
Pourtant le printemps a son ciel d'azur
De ses rayons d'or, au gai diadème
Le soleil domine un horizon pur
Mais mon cœur soupire et gémit quand même.
L'oiseau, de son nid, construit le château
Et, pour s'égayer, chante une romance
Moi, je le regarde : il me semble beau
Mais mon cœur meurtri n'a plus d'espérance.

Que m'importent, à moi, les amours d'autrui !
Si pas un baiser n'éclaircit mon âme !
Que me font les fleurs du printemps ravi
Si, pour moi, jamais, ne brille une flamme !!

L'Epave

A Madame Voïnoff.

Il s'en allait, chantant sous le beau ciel de France,
Le matelot breton, le joyeux des beaux jours
Il avait arboré le grand mât d'espérance
Et, conduisant sa barque il souriait toujours.
Mais qu'a-t-il vu, là-bas, au firmament. L'étoile ?
Ne se trompe-t-il pas ? Oui, c'est bien du trépas
Le signe qui fait peur au marin le plus brave !
La tempête est là-haut ! et, bientôt sous ses pas !
Il rame et veut, au bord, atteindre sans entrave...
Et l'espoir l'y conduit ! Il se souvient alors
Qu'au fond de son cœur d'homme, un jour sa tendre Mère
A déposé la foi aux purs et doux essors.
Une bien faible épave est demeurée entière
Il se met à genoux pour supplier le ciel.
La tempête a passé. Le matelot aborde.
Contemplant l'infini qui n'a plus aucun fiel
Il bénit cette épave... et son cœur lui déborde !

Moi, j'étais bien aimée, à mon départ, là-bas !
Mais j'ai dû les quitter, tous ces grands cœurs de France
Pour venir aborder sur le seuil que voilà !
J'y suis venue, hélas ! en pleurant l'espérance
J'avais cru n'y trouver l'ombre d'un seul amour.
Pourtant votre bon cœur m'en a donné l'épave
Et je viens lui redire un merci de retour.
Je pourrai donc rêver aux miens sans trop de larmes !
Le ciel de ce pays me sera donc clément ?
Le chemin qui fleurit aura pour moi ses charmes
Merci, cœur généreux, qui connaît mon tourment !
Merci ! car vous séchez mes naissantes alarmes !

A Maroussia

A Mme Storagenko.

J'aime de l'oiseau la voix pure et franche
    Quand vient le soir
J'aime du beau lis la corolle blanche
    Quand tout est noir
Mais pour me calmer lorsque je suis triste
    Dans ce pays
C'est vous que je veux : le reste m'attriste
    Tout m'est soucis.
Lorsque vous chantez le Mignon sublime
    Oh ! je vous crois.
Bien plus près des Cieux, loin de cet abîme
    Aux mille voix.
Chantez ! et l'oiseau taira ses roulades
    A vos accents
Chantez ! Maroussia, bien des sérénades
    Trilles innocents.

Vous pour qui la vie est joyeux mirage
    Vous qui charmez
Chantez à l'oiseau dans le vert bocage
    Oh ! oui, chantez !
Dites de Mignon le refrain sublime
    Que j'aimais tant !
A moi Dieu donna le don de la rime
    Et cependant
Je n'ai pas celui d'être si joyeuse
    Que vous, toujours !
Chantez donc pour moi la triste rêveuse
    De tous les jours !

Roses de Klementowice

———

Le soleil du printemps a réveillé les roses
Et, de Klementowice on voit un horizon
De reines assoupies ou de reines écloses
Qui sortent lentement de l'obscure prison.
La pelouse redore et, gaiement se couronne
Des reines embaumées que le bon Dieu lui donne.
. . . .
Le soleil du printemps a ramené aussi
Trois lutins roses et blonds amis de la verdure
Adressant au soleil un chaleureux merci
Et, jouant de concert autant que le jour dure
Trois lutin, roses aussi, s'ébattent de grand cœur
Quelquefois, à leurs jeux, préside, avec bonheur
Un doux regard vieili par l'amère tristesse
Un cœur bien jeune encor qui les aime sans cesse.

Les Hirondelles de Celejow

Le château dominait l'imposante campagne
Nous étions attablés sous le ciel bleu d'azur
Et moi je contemplais l'espace au coin si pur
Rêvant à mon pays perdu dans la montagne.

Et le temps s'enfuyait au grand cadran solaire
Et je rêvais aux cieux, et je rêvais aux miens.
Lorsque je vis un nid tissé de mille riens
Et, dans ce nid mignon, l'augure printanière.

Dans la plaine fleurie, en rêvant hirondelle
Je vois, de Celejow, tous les porte-bonheurs
Et je sentis mon âme émue et puis mon cœur
Jalouser aux oiseaux les plumes de leur aile.

Elles allaient joyeuses et vives, les pauvrettes
Car bientôt il fallait restaurer le logis
Avec un peu de terre et puis tout un semis
D'épaves ramassées aux champs des pâquerettes.

Les hirondelles, ici, sont, d'été, les courrières
Et, quand viendra automne, on les verra s'enfuir
Pour aller réchauffer leur plume et l'attiédir
Au pays de ma France, au seuil de ses chaumières.

L'Echo de Celejow

Le gai soleil dorait les blés mûrs de la plaine
Nous fûmes à Celeow pour égayer nos cœurs
Le grand parc souriait en son manteau de fleurs
        En sa verdure saine.

La rivière argentée murmurait sa romance
La reinette y prenait gentiment ses ébats
La cigale chantait ne se souciant pas
        De désespoir ou d'espérance.

On entendait chanter les rossignols en fête
La brise, aussi disait son langoureux refrain
Chanson déjà d'hier et que redit demain
        Mais chanson chère au vrai poète.

Nous causions. Mais l'écho, ami des grands mystères
S'offrit à réveiller chaque mot endormi
De la voix qui parlait l'écho était ami
        Et ses réponses furent sincères.

La voix disait : Bonjour ! et l'écho bien sonore
Souhaitait le bonjour aux hôtes du grand parc
La colline formait en verdure un grand arc
      Où l'écho résonnait encore.

Son dernier mot joyeux nous parla d'espérance
Espoir ! dit-il gaîment ! d'un ton tout bienveillant !
Et ce mot a vibré ! Qu'il soit l'ami veillant
      Pour éloigner le mot : Souffrance !

L'Eglise de Klementowice

(Pologne russe)

De grands arbres l'entourent et la saluent, soumis
Elle est de bois noirci par ses trois siècles d'âge
Elle a dû résister à plus d'un vent d'orage
    La vieille église aux vieux amis.

Chaque jour le Pasteur y chemine à pas lents
Ses cheveux ont blanchi dans le saint ministère
Il aime son église ainsi qu'une autre Mère
    Il y tient comme à ses serments.

Le Dimanche, au clocher, l'airain vibre joyeux
Appelant les fidèles au sein de la prière
La vieille église alors resplendit de lumière
Et ses images saintes ont des instants heureux.

Les paysans nombreux ont franchi l'humble seuil
Tous en habits de fête et la paix au visage
Egrènent un chapelet selon l'antique usage
Ainsi que leurs aïeux qui dorment au cercueil.

Le Pasteur a parle ! Les chants sont suspendus
Sa voix, malgré les ans, pour le sermon résonne
Puis la cloche à son tour, du haut du clocher sonne
Semblant dire à chacun : *Les cieux sont descendus !*

. . . .

Vieille église ! en tes murs le paysan a foi
Car son Dieu toujours bon, y a fait sa demeure.
Reste debout toujours ! Reste debout ! Demeure
Tu caches le Palais d'un Roi !

La Plainte du Chameau

Il va, coursier sobre et soumis,
Lentement, son pied bat la terre
Sa charge n'est pas bien légère.
Et pourtant, jamais insoumis
Le chameau a la mine austère
Ne fend pas l'air de ses grands cris.
Non : si la charge, à son courage
Semble forte et s'il n'en peut plus,
Sans colère et sans moindre rage
Une plainte, un soupir perdus
S'échappent et demandent à l'homme
D'alléger un peu son fardeau :
Mais, souvent, celui que l'on nomme
Compatissant... pour le chameau
N'a que les coups de sa colère
Pour l'animal pleurant en vain.
Le coursier, serviteur sincère,
Poursuit sa marche ; mais soudain. .
Son œil a rencontré son frère
Alors... sa plainte cesse enfin !

Une Réception à Bakou

Le train a stoppé ! Et chacun accueille
Cet Arménien vénérable et saint
Puis, bien lentement, l'escorte d'essaim
Entre dans la ville où chacun s'effeuille.
Sur un toit, perchés, comme des oiseaux
Bien des spectateurs attendent en silence
Et, vaste échelon, multiples réseaux
La foule déjà bout d'impatience.
Et, pour retenir l'ordre qui s'emmêle
La police est là qui trie et démêle,
C'est lui ! le voilà ! Les Arméniens
Ont senti leur cœur au-dessus des riens
Le dais, bleu d'azur, préparé d'avance
Reçoit l'hôte aimé, ami d'espérance,
Et les prêtres heureux, fêtent à l'envie
Ce saint qu'ils vénèrent, le cœur tout ravi.
Le cortège en marche s'ébranle, et l'église
Dans ses murs noircis reçoit l'hôte ami
Puis la foule acclame, au sein de la brise
Le Catholikos entrant au parvis.

Les Fraises

Bijoux de l'herbe des montagnes,
Grenats tombés des mains d'un Dieu,
Vous me semblez, dans ces campagnes
Les trésors purs et sans adieu
Quand mon œil, comme une espérance
Vous cherche, il me semble soudain
Revoir un petit coin de France
Quand je vous trouve sous ma main.
Lorsque l'aube, à peine éveillée
Compte les nids dans les buissons
Moi, par la route ensoleillée,
Je vous glane en rouges moissons
Ah ! restez, restez sur ma route
Grenats mignons et mûrissez
Je vous aime, sans aucun doute ;
Sous l'emeraude, oh ! rougissez !

Aydobr *(Amour)*

———

Ils sont là deux chiens, chauffant au soleil
Leur poil refroidi par la froide bise
Ils sont là, deux chiens : et l'un est pareil
A l'humble invalide à la barbe grise.
Deux horribies plaies où se voit le sang
Lui donnent un air triste et plein de souffrance
Il se plaint, le pauvre, et, tout gémissant,
Semble demander un peu d'espérance.

Près de luï, ainsi qu'un savant docteur
Un chien, son ami, est là qui le lèche
Et, le regardant des yeux et du cœur
Il voudrait savoir si le mal se sèche.
Chaque jour nouveau voit les deux amis ;
Et j'ai constaté, ce matin encose,
Que l'humble griffon, à moitié remis,
Se laissait soigner... Pour quel prix ?... J'ignore !

Honte au cœur humain égoïste et froid !
Honte à qui se rit d'une âpre souffrance !
Le chien, de l'amour fut toujours le roi.
Et, du mien, souvent j'ai pleuré l'absence.

Départ

Nomade et passagère au chemin de la vie
    Demain, je dois quitter ces lieux.
Ce n'est pas pour longtemps que mon âme ravie
    Peut goûter quelques jours heureux.

Ici, que j'aimerais à vivre !
Et, pourtant, je m'en vais ailléurs.
Que m'importent des vents meilleurs
Quand de France, ici, je m'enivre.

Bakou va me revoir ! Au bord de la Caspienne
De nouveau je vais pour souffrir !
Aile du bel oiseau je voudrais être tienne
Pour m'envoler et pour partir !

Adieu, Tiflis, toi que j'aimais
Et qui, pour moi, n'est pas clémente
Ton ciel, vois-tu, pourtant, m'enchante
Adieu, Tiflis, et pour jamais.

En route

Je pars ! le train file ! et le ciel tout bleu
    Réjouit mon cœur
Les monts pleins de neige ont, sous l'œil de Dieu
    L'air de bonheur.

Le soir vient déjà et les diamants
    Au ciel flamboient
Le calme se fait et les chiens errants
    De loin, aboient.

Je vais à la garde du Dieu qui conduit
    Ma frêle barque
Il est mon bon Père, Il est mon appui
    Quand je m'embarque.

La nuit est bien loin et l'on voit le jour
    Qui veut paraître
Bakou est tout près ! ce triste séjour !!
    Dieu est le Maître.

Sur le Déclin

Je vais partir ! et l'horizon
Pour moi, prend la teinte vermeille
J'entends vibrer à mon oreille
Un céleste diapazon.
Quoi ! tout me paraissait nuage,
Tempête, et mon âme pleurait !
Qui donc, hier, me consolait ?
Qui, loin de moi chassa l'orage
Que mon cœur triste, déplorait ?

Ah ! sur cette terre étrangère
J'ai rencontré de vrais grands cœurs.
Ils ont consolé mes douleurs
Sur cette terre passagère.

Mais qui, vers moi les a conduits
Pour me rendre un peu d'espérance
Et m'aider à revoir la France ?
Qui me les donne pour appuis ?

C'est Toi, religion sublime
Toi seule ! et tu descends des Cieux
Pour consoler les malheureux
Par ta douce parole intime.
Ah ! sois béni ! et que mon cœur
Dont tu soulageas la douleur
Garde, pour Toi, plus d'un merci
Sur cette route au dur souci.

Adieux à Batoum

Oui, je vais te quitter pour revoir de la France
Le doux sol
Et mon cœur tout rempli d'une entière espérance
Reprend son vol.

Adieu ! Tu m'as donné les joies et les alarmes
De ma part.
Mon ciel, d'abord fut bleu... et puis vinrent les larmes,
Puis le départ

Adieu ! tes hirondelles ont réjoui mon âme
Bien souvent.
Ton ciel pur, puis ta bise ont ravivé ma flamme
Comme un bon vent.

Ta mer, souvent terrible, irrisait : son écume
Me dépassait
Elle mouillait mon pied de sa fraiche amertume
Puis me laissait.

Tout cela, je le quitte et vais revoir la France
        Le sais-tu bien ?
Je vais rendre à mon cœur la force et l'espérance :
        Il n'a plus rien.

Adieu verdure ! adieu hirondelles errantes
        Et puis merci !
Adieu, mer de Batoum ! adieu vagues mourantes
        Je ne vous verrai plus ici.

L'Etincelle

La nuit était sombre et le firmament
Semblait revêtu d'un manteau d'hermine
J'étais emportée par cette machine
Qui me défendait l'espoir du moment.
Je pensais aux miens dont j'étais l'amie
Et que, cependant, je fuyais déjà ;
Je songeait au sol de cette Russie
Que mes yeux voyaient... sachant l'au-dela.

Et mon cœur songeait... lorsqu'une étincelle,
En se détachant du foyer mouvant
Frôla mon visage. En me garant d'elle
J'aurais bien voulu l'emporter pourtant,
Car il me semblait que, sœur d'espérance,
Elle aurait été, venant de ma France
La nouvelle aimée à mon cœur souffrant.
Mais la brise fraîche, hélas ! l'emporta
Au fond du néant, elle dort déjà !

A bord du Memphis

Le flot courroucé se démène
C'est la nuit ! je ne puis dormir !
Mon esprit, fatigué, promène
Ses rêves au loin, dans l'avenir !

A droite, à gauche, le navire
Par le dur tangage oppressé
Se balance et mon corps chavire
Avec un air embarrassé.

Le vent se fâche après la vague
Décidément, c'est ennuyeux
Ma position reste vague
Et je ne me sens pas des mieux.

Mais l'aurore a fini ma peine
Nous faisons escale à Samsoun
Il est grand temps car, hors d'haleine
Je dis : A bas le dur Simoun !

Les Marsouins

Ils sautent gaiement hors de l'eau
Les marsouins de la mer Noire
Il ne leur suffit pas de boire :
Pour manger, ils quêtent au bâteau.

Ils aiment la coque française
Eux aussi, et la suivent bien
Ils n'ont, je le crois, peur de rien
Et connaissent l'eau marseillaise.

Ce sont nos amis du moment
Ils nous font sourire et leur danse
Frappant le flot de sa cadence
Nous distrait (au moins pour l'instant).

Coursiers-marsouins de la mer Noire
Dansez encor ! dansez toujours !
Vous êtes nos seules amours
Sur ces longs flots doublés de moire.

Les Chiens de Constantinople

Ils sont les gardiens fidèles
De la ville du Sultan
Ce ne sont pas des modèles :
Je les aime, cependant.

Car ils ont un air si triste
Et si malheureux, ces chiens
Que leur pauvre air seul attriste
Et cela n'avance à rien.

Ils sont groupés, tous, en masses
Dans les coins d'humbles ruisseaux
On leur livre de vraies chasses
Ils demeurent en troupeaux.

Ils sont nourris par les miettes
Qu'ils trouvent à tout hasard
Ils se passent bien d'assiettes
Et ne cèdent pas leur part.

Pauvres chiens ! moi, je vous aime !
Vous êtes laids ; c'est égal
Mais vous êtes bons quand même
Pour moi, c'est le principal.

En Route

Oh ! combien le Memphis a d'arrêts prolongés !
Combien je les déplore et combien je soupire
Après ce doux bonheur qui suivra ce martyre
De voir, enfin, ma France, et tous les cœurs aimés.
Eh ! cue m'importent, à moi, Salonique et Syra ?
Seule, de tes flots purs, Océan bleu, ô mer
J'aime à fixer souvent le reflux trop amer
Et je déplore, seule, à n'en être que là.
Quand sera-ce Marseille et son beau port français ?
Mon cœur est si malade ! et la douce espérance,
En le berçant souvent dans sa triste souffrance
Lui offrit le bonheur. Ah ! viendra-t-il jamais ?

Oui ! Dieu, Lui, seul est bon pour cette créature
Qui, loin de sa Patrie, a souffert si longtemps
Il ne voudrait jamais lui ravir la verdure
De ce sol bien-aimé où chantent les printemps.

Détroit de Bonifacio

Oh ! demain le grand jour !
Demain, c'est la Patrie
Oui, demain, c'est la vie
C'est la paix et l'amour !
Demain, Marseille aura
Son vieux port grand ouvert
Ce sera l'Eden vert
Le reste s'oubliera !
Salut, de loin, France, salut !
Je t'aime et ma pauvre souffrance
Renaîtra, forte d'espérance,
Demain, en atteignant le but.

Marseille

A toi, salut ! drapeau français
Salut ! salut à toi, Marseille,
Je ne veux oublier jamais
Ton couchant à teinte vermeille
Les mille bateaux de ton port
Et l'arrêt de notre navire
J'en reste comme en un délire
Et pourtant, là, j'hésite encor.

Nomade !

Pauvre cœur qui ne peux jamais
Saisir un doux lien qui t'attache
Te revoilà donc à l'attache
Si tu savais ! Si tu savais !

Si tu savais les mille peines
Qui t'attendent au nouveau seuil !
Tu prendrais de suite le deuil
Avant de reprendre tes chaînes !

Nomade tu fus et tu restes
Cherchant toujours à t'attacher
Tu voudras bien, parfois, chanter !...
Des chants, tu n'as plus que les restes !

A Mme C...

Au bord de la Mer

Elle et moi, nous goûtions en paix
Le charme de la rêverie ;
Au bord de la mer sans furie
Ce calme qu'on n'a plus jamais.

Elle, avec son cœur de Française
Me parlait du bonheur présent
Moi, j'écoutais gémir le vent
Et je me sentais l'âme à l'aise.

Nous cherchions les humbles galets
Elle montrait les plus bizarres
Nous allâmes tout près des phares
Ressemblant à des feux follets.

Puis nous revînmes lentement
Elle admirait l'abîme calme
Et moi les feuilles d'une palme
Qui se jouaient avec le vent

J'ai rapporté, doux souvenir,
Des flots moirés de la mer Noire
Deux galets plus blancs que l'ivoire
Que je regarde avec plaisir.

Les Eucalyptus

Batoum a des trésors vivants
     Dans sa verte nature
Ses arbres verts sont des géants
     A la haute stature.

Les feuilles formées en stylets
     S'étagent sur les branches
Comme d'un livre les feuillets
     A la verte avalanche.

Dieu donna aux eucalyptus
     La force et la douceur
La majesté comme à Vénus,
     L'odorante senteur.

Coucher de Soleil

Oh ! que Dieu fait de belles choses
Depuis la plus simple des roses
Jusqu'au coin du couchant vermeil
Qu'il donne aux adieux du soleil.

La mer émerge. . vaste nappe
Et le soleil d'ouest la frappe
De ses tons de feu chatoyants
Magnifiques et surprenants.

Il s'en va, ce soleil superbe
Nous lançant, de sa vaste gerbe
Quelques adieux d'opale et d or
Et nous le regardons encor.

Pourquoi chercher sur cette terre
D'autre charme que la prière
A l'heure où le soleil couchant
Nous dit son adieu touchant ?

Merci, Dieu d'amour ! va, je t'aime
Tu charmes ma vie et la sèmes
De tes trésors, de ta bonté
Ah ! que ton saint nom soit chanté !

Lenteur

Combien sont tristes et lentes à toute âme meurtrie
Ces heures que l'on passe à souffrir, mon amie
Quand pas un être humain ne s'en vient près de vous
Consoler vos douleurs et prier à genoux.

Le cadran semble exprès ralentir ses heures
Le silence s'est fait au-dessus des demeures
Chaque minute est longue. Et la nuit, dans son cours
Me paraît effrayante et j'appelle le jour.

Quand finiras-tu donc, ô ma nuit de souffrance ?
Quand me donneras-tu un instant d'espérance ?
Je n'en puis plus. Voyons ! va plus vite au déclin
Et montre-moi le jour : de tes ombres, la fin.

Courage

A' Mme C... ....

Quand la tempête arrive
Et jette à la dérive
La force du marin
Sans espoir de la fin...
Qui donne l'espérance
Sur la mer en démence
A ce cœur affligé
Du pauvre naufragé ?
Il tombe à deux genoux
Et dit : « Priez pour nous ! »
Et, soudain la tempête
Respectant sa conquête
S'apaise ! et son flot dort
Avec des songes d'or.

. . . .
Il vous faut du courage
Dans plus d'un dur passage
Priez ! et le bon Dieu
Qui vous voit des grands Cieux
Vous donnera, Amie
La force pour la vie.

Le Gui

A un Grec

Lorsque nos aieux, les Gaulois
Cueillaient le gui sacré du chêne
C'était pour eux toute une scène
Et beaucoup de soins et de lois.

Mais vous ! dites-moi donc un peu
Aviez-vous la tunique blanche
La faucille d'or pour la branche.
Ou bien n'en faisiez-vous qu'un jeu ?

Mais c'est vrai. Je ne songe plus
Que vous êtes Grec dans l'âme
Et que le gui. pour votre flamme
N'a rien des plaisirs défendus.

Mais moi, qui suis une Française
Je ne l'aurais jamais cueilli
Qu'avec un cœur tout recueilli
Pas comme vous, ne vous déplaise !

Un mariage d'Oiseaux

Ils étaient fiancés déjà depuis longtemps
Le joyeux rossignol et l'aimable fauvette
Et l'on n'attendait plus, pour célébrer la fête
Que les beaux jours d'avril où revient le printemps.

Avril vint et la noce eut un banquet superbe
La table fut dressée sur un chêne touffu ;
On chanta les époux puis on dansa sur l'herbe
Et, dans un verre en fleur, aux mariés l'on but.

La maman de fauvette, en mariant sa fille
Voulut à l'occasion lui faire un beau discours :
« Souviens-toi, lui dit-elle, ô mignonne gentille
D'être toujours fidèle aux premières amours ;
Aime bien ton mari ; ne sois jamais jalouse
Remplis tous tes devoirs avec fidélité
Ainsi tu deviendras la perle des épouses
Apportant au logis la joie et la gaîté.

Après ce beau discours, fatigués de la fête
Les invités émus regagnèrent leur nid
Le rossignol heureux emmena sa fauvette
Chantant à qui mieux mieux le bonheur d'être unis.

A une jeune mariée

Le bonheur a semé, sous vos pas, bien des roses
Amie, et votre cœur généreux est si bon
Ne connaît plus ce mot qu'on appelle abandon.
Car l'amour l'a caché sous des fleurs demi-closes
Je viens vous apporter, tardive messagère
Tous les vœux de bonheur d'une amitié sincère.

Soyez heureuse autant qu'on peut l'être ici-bas ;
Jouissez des printemps qui ne s'effeuillent pas ;
Ayez des chérubins à la mine éveillée
Pour voiler chaque soir d'une ombre ensoleillée.
Que le cœur qui vous aime ait ses bonheurs aussi
En vous voyant jouir, heureuse et sans souci.

Et, pour que tous mes vœux aient mission heureuse
Pour que ma muse, Anna, vous garde bien joyeuse
Je demande à Celui qui donne le bonheur
D'écarter à jamais, de vos pas, le malheur.
Souriez à la vie ; et que ses églantines
Pour venir jusqu'à vous, émoussent leurs épines.

Hirondelle

Toi qui passes, ô dis, n'as-tu rien
De pressé pour prochain message ?
Si tu n'as aucun prompt voyage
Ecoute-moi ! Ecoute bien !

Je vais partir ! car de la France
Mon pauvre cœur a bien besoin
Son sol est si beau mais si loin
Je n'en ai plus que souvenance.

Et je voudrais charger ton aile
D'une missive, ô prompt courrier
Tu dépasseras tout voilier
Promets-le moi, douce hirondelle.

Va ! pars ! et, vers tous ceux que j'aime
Vole et dis bien mon prompt retour
Ce sera, pour eux, un beau jour
Et, pour moi, un plaisir extrême.

Allons ! tu comprends et tu pars
Merci ! fidèle messagère !
Ta course me sera légère
Car Dieu conduira tes écars !

1900

A Mme André Salin de G.

Janvier a réduit en épaves
Les anciens jours et les longs mois
99 aux jours caves
Nous regarde encor une fois
Dans le grand livre de la vie
Que sera, pour vous, l'an nouveau ?
Madame... oh ! je serais ravie
Qu'il soit celui du renouveau.
Que Dieu, sur ce nid de famille
Qui est vôtre et qui promet tant
Mette un ombrage de charmille
Fait de fleurs riant de l'autan.
Bonheur ! santé et joie parfaite
Aux moutons du petit troupeau
Madame. Et mon cœur vous souhaite
Pour le vôtre, un bon an nouveau.

Désirs

Que ne puis-je habiter toujours
Libre de ces soucis que nous causent les jours
Sous le ciel bleu de la Provence
Et, sous l'œil de la Providence
Que n'ai-je, ici, mes seules amours ?

Pourquoi ma vie est-elle ainsi
Ballottée au sein du souci
Que ne puis-je, libre et tranquille
Avoir un nid sous la charmille
Sous un ciel d'azur comme ici ?

Non, non ! je suis née pour souffrir
Pour pleurer et puis pour mourir
Le ciel n'est qu'au bout du mirage
Je dois sourire après l'orage
Je dois attendre pour jouir !

La Fée des Amours

Aux bébés qui savent à peine
Lire tout seuls les mots ombreux
Les Grand'Mamans, tout d'une haleine
Racontent des histoires de reine
Où des fées comblaient tous les vœux.

Mais à vous joyeux auditoire
Je ne prétends pas aujourd'hui
Parler des fées d'humble mémoire
Qui transformaient à n'y pas croire
Cendrillon pour le bal de nuit.

Non. La fée que je vous présente
Est invisible, mais agit.
Elle n'a jamais l'air méchante
Et sait rendre toujours charmante
L'existence auprès d'un ami.

C'est « Amour » que la fée se nomme
Avec elle, jamais d'hiver
Jamais grand chagrin ne se forme
Que sa main ne sèche et transforme
En baisers préparés d'hier.

Et de tout cœur je vous souhaite
Joyeux époux, d'avoir toujours
Près de Vous, la fée des amours
Pour présider à chaque fête.

Pour le Midi

Je pars et dis adieu aux grands cœurs que j'aimais
Pour aller me chauffer aux gais soleils d'Hyères
Je vais pour y cueillir les joyeuses fougères
Mais je ne verrai plus aucun mien désormais.

Le temps déjà m'emporte et, déjà, de la nuit
Le voile obscur épais tour à tour me dérobe
Chaque pays de notre vaste globe
Hélas ! Il me faut fuir ! et, déjà... c'est minuit !

Tarascon ! le mistral m'a glacé tout le cœur
Et, pourtant, au grand ciel, j'ai vu briller l'étoile
Je crois apercevoir le grand mât et la voile
D'un navire qui fuit vers un pays meilleur.

Oui, c'est déjà Marseille avec ses flots de mer
C'est la Garde, là-haut, sous un ciel magnifique
Oui, c'est bien là le port et son coup d'œil magique
Et je me sens au cœur un sanglot bien amer !

Toulon ! et puis Hyères ! je débarque à mon tour
Et j'aborde en tremblant au seuil, pauvre étrangère !
Sans savoir que m'attend ici plus d'une Mère
Qui saura me prouver son zèle et son amour !

Muguets et Pervenches

Mai revient d'exil, couronné de fleurs
Riant au zéphyr, riant à la rose,
Riant de l'oiseau mignon dans sa pose
Mai revient d'exil pour charmer les cœurs.

Dans sa robe verte il a mis pervenche
Sœur de l'améthyste et puis des muguets
Et jamais nos yeux ne sont fatigués
Du duel fleuri dont la tige penche.

Muguet à clochette au ton d'ivoirine
Pervenche est en deuil, car le papillon
A mis en veuvage son gai pavillon
Il lui préféra rose purpurine.

Muguets et pervenches, ô vous si fidèles
Fleurissez longtemps dans nos verts bosquets
Pervenches en deuil et joyeux muguets
Embaumez le nid de nos hirondelles.

Quand Juin nous viendra tressant sa couronne
Muguets et pervenches, oh ! ne fuyez pas
Je vous aime tant ! vous seuls ici-bas
M'apportez l'espoir que le printemps donne.

Dans la Forêt

Les grands sapins, malgré les années de vieillesse
Soupiraient l'harmonie au ciel bleu de Juillet
Et je prêtais l'oreille à leur concert muet
      Plein de tristesse.

Le gai soleil riait à travers les ombrages
En filtrant ses rayons dans l'obscur alangui
Je riais au soleil dorant le sombre gui
      Sous le feuillage.

Piervoye était assis à mes pieds ; son oreille
Ecoutait chaque bruit, chaque refrain d'oiseau
La lune se levait dans son orbe vermeille
      Eclairant l'eau.

Et la fraîcheur venait rafraîchir mon épaule
Mes pieds lassés goûtaient la fraîcheur du repos
Mon esprit rappelait les temps d'antique Gaule
      Frais et dispos.

Je revis l'humble druide armé de sa faucille
Détachant un à un les guis du renouveau
Tout entier à cet acte au prestige nouveau
      Pour sa famille.

Mais les bruits de forêt s'étaieut tus et la lune
Brillait en un coin pur comme un grand diamant
Je me levai soudain et revins, égrenant
      Mes pensées une à une.

A la Brise

O brise
Soumise
Au Dieu
Des Cieux,
Va vite
Au gîte
Qui dort,
Tout d'or
En France
Balance
L'ormeau
Si beau.
Puis, leste,
Modeste,
Dis-leur
Qu'un cœur

Las, plenre ;
Demeure…
Reviens !
Soutiens
Mon àme
Sans flamme
O brise
Soumise
A Dieu :
Adieu !

A toi, Bluet !

Petit bluet. ta fleur m'enchante
Dans les blés mûrs tu fais si bien ;
Petit bleuet, mon luth te chante
Mignon, joli, tu es le mien !

Ton diadème est magnifique,
J'aime à le voir, à l'admirer ;
Il est ma baguette magique
Oh ! laisse-moi le regarder !

Petit bluet, tu te maries
Avec la marguerite, aux champs
Tu l'aimes... et, soudain tu varies
Vers le coquelicot penchant.

Mignon, joli, par ta nuance
Tu commences le trait d'union
De la tricolore alliance
Si belle en sa réunion.

De France et puis de la Russie
Tu es l'emblème du drapeau
Avec ta blanchette chérie
Et le rouge petit chapeau.

Petit bluet, ta fleur m'enchante
Tu viens des champs, venant de Dieu
Petit bluet, mon luth te chante
Et, quand l'hiver te fane, adieu !

A M. le Général Joffre

Généralissime des Armées Françaises

Zone de la Guerre

Géneral,

Vous dont le cœur vaillant ne voit rien d'impossible
Qui marchez droit au but et qui prenez pour cible
Le devoir avant tout et le devoir toujours,
Laissez-moi saluer vos vaillantes amours :
Patrie ! Humanité ! Par vous tout est possible !

Vous menez nos soldats aux triomphes éclatants
Vous êtes, général, un phare aux combattants
Et nos blessés, mourant vous nomment leur étoile
Car vous savez si bien diriger votre voile
Que devant vos armées s'enfuient les Allemands.

Tous les fronts sont penchés en ce moment suprême
Sur des lettres écrites au front du combat même
Et tous les cœurs ensemble, en disant votre nom
Savent qu'on peut avoir confiance en ce renom
Qui vous met de lauriers au front un diadème.

De ce tout petit coin de notre Marne ombreuse
Où l'ennemi laissa plus d'une trace honteuse
J'ai voulu, Général, vous dire que nos cœurs
Vous admirent et saluent en vous les preux vainqueurs
Et que notre âme attend, en paix, l'heure joyeuse.

A Sa Majesté le Roi des Belges

A Vous, grand Roi-Héros, nos meilleurs vœux de fête
Le cœur de tout Français admire vos vertus.
Brillant en diadème et ceignant votre tête
Espoir ! à Vous ! Espoir ! les chênes abattus
Renaissent de leurs cendres ! A Vous royal Soldat
Tous nos vœux, tous nos chants, héros du grand combat !

A un Soldat

Espère ! ô cœur en deuil de ton foyer absent
Et serre avec amour ton drapeau frémissant
Porte vers lui ton âme noble et si vaillante
Oh ! dors en paix... La France est déjà triomphante
Il est beau le devoir que tu remplis si bien
Rien, rien ne le surpasse et pour toi, le chrétien
Espoir est une force et... tu ne crains plus rien

Commandant

Au lieutenant-colonel commandant.

Je voudrais à vos pieds déposer la couronne
Faite de vos vertus, de votre aménité
Je voudrais que pour vous l'heure de la paix sonne .
Récompensant ainsi votre immense bonté.

Je voudrais... mais mon cœur est l'océan sans bornes.
Pour ces vaillants héros qui travaillent pour nous
Je désire la fin de ces longs jours si mornes ;
J'attends l'ange de paix que j'appelle à genoux.

Soldats-Héros !

A un groupe de Héros.

Courage ! car la France attend de ses enfants
Ce qu'ils ont de plus noble en cet instant suprême
Courage ! ô bons soldats vous serez triomphants
Si vous luttez encor malgré tout et quand même.

Nous pensons tous les jours à vous tous qui souffrez ;
Nous vous suivons des yeux, admirant la vaillance
De vos cœurs, de vos bras, ô preux qui combattez
Et nous prions pour vous l'ange de l'espérance.

Acceptez nos mercis pour toutes vos douleurs !
Pour chacun nous avons de touchantes prières
Courage, héros ! Français, soyez nos défenseurs
Et nous vous aimerons comme des seconds pères.

Hier ! Aujourd'hui ! Demain !

Au Capitaine Jacquemart.

Hier, c'était pour vous le chemin du Calvaire.
L'adieu triste et brutal, la douleur qu'on doit taire,
C'était l'invasion de votre cher foyer
Le départ, l'inconnu dans le sombre sentier.

Aujourd'hui le repos, après des jours tragiques,
Le bonheur du succès de grands combats épiques,
L'espoir pour votre cœur et le doux souvenir
De ceux qui, tout là-bas, escomptent l'avenir.

Demain ? que sera-t-il pour vous, mon capitaine ?
Dieu seul le sait. Mais moi, je demeure incertaine
Et c'est pourquoi mon cœur forme des vœux amis
Pour que votre horizon d'espoirs soit un semis.

Et quand, enfin, après l'excelsior suprême
Vous aurez de lauriers, fait un beau diadème.
Je souhaite ardemment que renaisse pour vous
Un foyer renouveau que j'espère à genoux.

ENFANTINES

Le Noël de Marguerite

« Grand Frère ! oh ! dis-moi bien s'il viendra tard Noël ! »
« A Minuit, ma Mignonne, et quand tu dormiras ! »
Et sur le gai minois digne d'un fin pastel
Le grand Frère a posé ses deux lèvres ; et, tout bas :
« Dors, mon ange ! et Jésus viendra tout doucement ».
« Tu sais ce que je veux ? dit soudain la fillette...
« Un beau polichinelle et son habillement ! »
« Tu l'auras, mon aimee, va, tu l'auras, sœurette ;
« Dors et fais de beaux rêves ». Et le Frère est parti.
Soutien de cette enfant qui n'a que lui sur terre
Va-t-il briser ce cœur et ce front sans souci ?
Pourrait-il donc les voir privés de leur lumière ?
Non ! Mais pourtant, hélas ! il n'a plus pour espoir
Que le logis où va sa marche si rapide.
Oh non ! petit Jésus ne voudrait pas ce soir
Laisser, de son cher ange un petit soulier vide !
Et, dans la neige, alors le frère est à genoux
Il a dit à Noël : Ayez pitié de nous !

Il entre ! et c'est vraiment bien beau sur cette table ;
Que de trésors !! Pour lui, rien ? Et Sœurette ?
Mais il est un grand cœur ; sa vie épouvantable
Ses amis la connaissent ; et, ce soir, la fillette
Pourra rêver du ciel en y voyant Jésus.
Une boîte a frappé ses yeux d'adolescent ;
Et, quand il va partir, sans qu'il ose un refus
Le réveillon fini, on la lui met gaîment
Dans les mains en disant : Voilà pour Marguerite !
Il part. Et, dans la neige il chemine, et sa main
Veut ouvrir le coffret, mais il ne va pas vite
Au gré de ses désirs, enfin, cédant soudain
Le couvert laisse voir une poupée magique
Tenant en sa main droite un billet magnifique !!

Se jetant à genoux et reprenant espoir
Le jeune homme a crié : Cent francs ! oui, c'est un rêve...
Mais non ! je les tiens là, et puis je vais pouvoir
Te donner le bonheur, mignonne. Oh ! qu'il s'achève
Ton secours, ô Jésus ! merci à deux genoux,
Marguerite adorée, oui va, oui tu l'auras
Ton beau polichinelle et l'argent est à nous !
Tu rêves, ô ma Sœurette, et je ne songe pas !

Et, quand le lendemain il vint à la petite
Le grand Frère lui mit au front, un gros baiser
Puis il lui dit tout bas : Sœurette Marguerite
Noël a bien rempli ton tout petit soulier
Dis-lui ton grand merci ! avant de t'habiller.

A mon chien Tom

Sais-tu, mon vieux Tom, que j'ai mes douze ans ?
Sais-tu, qu'avec toi, plus de courses folles
Je vais te quitter et c'est pour longtemps
Demain, je m'en vais ! Dejà c'est le temps
De te dire adieu ! De moi, tu raffoles,
Je le sais, mon chien ; aussi j'ai voulu,
Avant de partir, te dire des choses
Que tu comprendras. Sous ton col velu
Laisse aller la main qui n'a plus de roses.

Ecoute-moi bien ; ouvre tes grands yeux
Afin que je voie au fond de toi-même.
C'est bien. Maintenant, causons tous les deux.
Je te recommande, ô bon chien que j'aime,
Quand tu t'en iras au fond du jardin,
De ne pas toucher au nid de mésanges

Qui se trouve hissé en haut du gradin,
Car il ne faut pas que tu le déranges.
Epargne de même, au pied du bouleau,
A l'entrée du bois, tout près de la grille
De mon rossignol, le petit tombeau.
Alors que j'étais si mignonne fille
Dis, te souviens-tu, toi, mon vieil ami,
Que tu as creusé la petite tombe ?
Maintenant, sais-tu, mon cher favori,
Avant que, du jour, le voile retombe,
Promets-moi bien vite, après nos adieux,
Que tu aimeras toujours ta Germaine.
Vite ! un gros baiser ô mon pauvre vieux.
Demain, pense à moi, j'aurai de la peine !

C'est pour ta Fête !

Petite Mère aimée, au matin, dès l'aurore
Dès que les pâquerettes ont souri gentiment,
Je suis allée sans bruit, car tu dormais encore
Te faire un gros bouquet que j'ai cueilli gaiement
Et je viens te l'offrir. Il est rempli de roses
Je sais bien que ces fleurs sont symboles d'amour
Dans ce bouquet, sais-tu ? Il est de douces choses
Que mon cœur a pensé au matin de ce jour.
L'hirondelle, en passant, était bien indiscrète :
Elle m'a demandé : « Enfant, pour qui ces fleurs ? »
Je ne lui ai pas dit, car « c'était pour ta fête »
Et j'ai craint que l'oiseau, ami des grands bonheurs
Ne te réveille et puis ne te dise tout bas :
Ta fillette, dès l'aube, a des fleurs plein ses bras !

Avec mon gros bouquet, je veux encor t'offrir
Les fruits de mon travail. Ta petite étourdie
A mis là tout son cœur ; elle sait te chérir.
Mais tu souris déjà et je te vois ravie.
Bonheur, joie et santé. Mère ! à toi mon amour !
J'ai voulu te prouver, au début de ce jour
Que je t'aime beaucoup. Qu'un gros baiser complète
Ces souhaits de mon cœur. A toi heureuse fête !

Ma petite Amie

Elle est blanche et rose, a de blonds cheveux
Son nom c'est Yvonne, un nom de Mignonne
Je l'aime beaucoup ; toujours toutes deux
On nous voit jouer, sans qu'on s'en étonne.
Nous jouons c'est vrai, l'on travaille aussi
Toujours de concert au jeu, à l'étude
Beaucoup de plaisir et peu de souci
Avec un seul cœur jamais rien n'est rude.
Ma petite Yvonne a de beaux yeux noirs
On y lit toujours ce que son cœur pense ;
Pour moi, l'on dirait deux petits miroirs
Dont un seul regard est ma récompense.
Yvonne a mon cœur, et moi j'ai le sien
Et, si quelquefois, je verse des larmes
Vite, elle prend part à mon gros chagrin.
Tout nous est commun : bonheur, peines, alarmes.

Croquemitaine

L'autre jour, Jenny, ma Sœurette
Etait méchante et criait fort.
Pourquoi ? C'est que la chiffonnette
Voulait que son chat fît le mort
Minet, soudain lui fait la farce
De s'échapper pour mieux la fuir.
Et Jenny pleure et me menace
De me battre pour son plaisir.
Mais voilà que Croquemitaine
Qui n'aime pas qu'on soit méchant,
Fait entendre sa lourde chaîne
Et marche tout en trébuchant ;
Puis, de sa grosse voix qui tremble,
Il dit : qui faut-il donc punir ?
On crie, enfant, à ce qu'il semble...
Faut-il que j'entre pour finir !

Mais Jenny n'est plus en colère
Car elle est tombée à genoux .
Monsieur, dit-elle avec mystère
Soyez gentil, pardonnez-nous.
C'est Minet qui criait sans doute
Car il est désobéissant
Il s'est trouvé sur votre route
Dit-elle avec un ton charmant.
Mais Croquemitaine en colère
A répondu : J'ai tout suivi
Mademoiselle, à votre Mère
Je vais tout dire. Et il le fit.
Le soir, Jenny n'eut pas d'orange
Et Maman, au lieu d'un baiser
Donna, et ce fut en échange,
De la verge à analyser.

J'ai dix ans !

Oui : j'ai dix ans depuis hier
Me voilà déjà grande fille
Je vais pouvoir, tout cet hiver
Montrer que je suis plus gentille
Car j'ai voulu, pour ce grand jour
Apprendre, pour mon petit Père
A lire pour Lui, à mon tour,
Tout aussi bien que mon grand Frère
J'ai dix ans : je dois obéir
Et me montrer douce et bien sage
Ne plus jamais me voir punir :
Ce serait honteux à mon âge !

Le Mendiant qui pleure

BALLADE

Enfants qui passez souriants
 Songez au Savoyard qui pleure...
 Vous dont les regards sont riants
 Pensez à l'enfant sans demeure.

C'était à l'heure où, dans la neige
La foule que l'argent protège
        Allait gaîment
Sans écouter l'humble complainte
D'un enfant dont la douce plainte
        Disait souvent : *Enfants qui passez*, etc.

Il avait faim, le petit être
Et regardait, jaloux, peut-être
        Les promeneurs

Qui, bien vêtus, dans leur fourrure
Pouvaient affronter la froidure.
    Et ses rigueurs.

Et, pleurant de faim, de misère
L'enfant, qui n'avait plus de Mère
    Tendait la main.
Sa voix se perdait en l'espace
C'était comme un souffle qui passe
    Et meurt soudain.

Et, pendant que sa voix touchante
Suppliait la foule attrayante
    Chacun passait
Dans la ville, on faisait la fête
Et, malgré le vent, la tempête
    On avançait.

A l'étalage magnifique
D'une incomparable boutique
    Bébé soudain
A serré la main de sa Mère
Puis, d'un ton de voix bien amère
    Dit en chemin.

Vois, là-bas, assis et bien triste
Un petit enfant qui m'attriste
    Par son regard
Il pleure et n'a pas de costume
Il aura demain quelque rhume
    Le Savoyard

Viens ! portons-lui ce qu'il demande
Petite Mère, à notre offrande
        Il verra bien
Que nous voulons ne lui rien faire
Que du bonheur, chercher à taire
        Son gros chagrin.

Et, près du mendiant qui pleure
La Mère est là. Dans sa demeure,
        Il a souri
Et le bon Ange a pris sa place
Dans la rue où la foule passe
        Et lui a dit : *Enfants qui passez, etc.*

Rose de Mai

On l'appelle ainsi : c'est la paysanne
A la coiffe blanche, aux jolis cheveux
Toujours souriante. Ainsi va la Jeanne
    Au chemin poudreux.

Sitôt que fleurit la blanche aubépine
Elle se couronne avec ses festons
En chantant la joie, elle s'achemine
    Aux verts buissons.

Sa main cueille tout, mais cherche les roses
Que Mai refleurit dans tous les jardins
Jamais à son front de songes moroses
    Ni de chagrins.

C'est Rose de Mai qui chante l'aurore
Dans les bois jolis, à tous les oiseaux
C'est elle qu'on voit moissonner encore
    Les lis nouveaux.

Que ce soit l'été, que ce soit l'automne
Ou bien quand l'hiver s'en vient gémissant
C'est Rose de Mai que chacun la nomme
    En souriant.

Pervenche

Au bord du ruisseau elle a vu le jour
  Pervenche
Elle est toute bleue et sur l'eau qui court
  Se penche.
Sœur de l'oiséau gris qui vient dérober
  Sa larme
Pervenche azurée craint de voir tomber
  La lame
Alors, doucement, à l'oiseau chétif
  Qui sombre
De sa feuille verte elle a fait esquif
  Dans l'ombre
C'est la fleur des cieux, c'est la sœur de l'eau
  Bien pure
Pervenche a pour frère et lis et roseau
  Verdure.

Je suis fâchée !

Ce matin, dès l'aurore, on devait s'en aller
Faire une promenade à la forêt voisine.
Et moi j'étais heureuse ! Oh ! rien que d'y penser
       Hier, j'étais lutine.

Et voilà qu'au réveil je suis toute aux abois
Car le temps est affreux : la pluie est diluvienne.
Vraiment, je suis fâchée, et me voilà sans voix
       Pas d'espoir qui revienne.

Tout le monde sourit en me voyant gémir
Et chacun me console en me faisant comprendre
Qu'on peut un autre jour à la forêt venir
       Je ne veux rien entendre.

Car je suis si fâchée, si fâchée que de voir
Le ciel gris, le jardin tout trempé du déluge
Je recule et je pleure et, n'ayant plus d'espoir
       Je n'ai pas de refuge.

Mais ma Mère a saisi la main de son enfant
Et, tout bas, m'a glissé ces mots qui m'ont calmée :
Le temps est au bon Dieu ; soumets-toi maintenant
       La joie est ajournée.

Quand j'étais malade.

Le mois dernier, j'eus la rougeole.
Vraiment ce n'est guère attrayant
De ne jouer qu'à pigeon vole
Quand, au jardin, tout est charmant.
Et puis, ce qui ne m'allait guère
C'est la visite du Docteur.
Toujours, avec son air sévère,
Il arrivait jusqu'à mon cœur.
Qui, soudain, se mettait à battre
Comme la montre de Papa.
Je commençais à me débattre
Mais Maman était toujours là
Qui me disait d'une voix douce :
Sois sage ! et, peut-être demain
Tu verras les fleurs et la mousse
Par la fenêtre du jardin.

Tendre Mère ! a-t-elle été bonne !
Pendant que je gardais le lit !
Comme il faut qu'elle me pardonne
Ce que j'ai fait, ce que j'ai dit.
La nuit, et sans que je m'éveille
Elle venait tout doucement
Et puis, bien vite, couvrait sa fille
Car le Docteur ne voulait pas
Lorsque la fièvre me tortille,
Que je sorte jamais les bras.
Grâce aux soins de ma tendre Mère
J'ai repris joie, et, chaque jour
Je sens combien elle m'est chère
Et veux la payer de retour.

Le Clocher du Hameau

A l'heure où la prière est la sœur du travail
Dans l'antique clocher de notre vieille église
Retentit la voix pure, au fond du vieux vitrail
De la cloche argentine à la douceur exquise.
Et, soudain, mille fronts s'inclinent pour prier
Et du labeur alors on arrête la peine
Afin que le bon Dieu, qu'on vient de supplier,
Benisse le travail dont la prière est reine.

Puis, dans le vieux clocher, le silence s'est fait
On a repris, des champs, les durs travaux qui lassent
Mais on a le cœur sain, joyeux et satisfait
En attendant, du soir, les heures qui délassent.

J'ai baptisé Bébé

C'était hier Dimanche, et j en ai profité
l our baptiser gaiement mon plus joli bébé.
Dès le matin j'ai fait prévenir mes amies
Afin que, près de moi, elles soient réunies.
A deux heures sonnées, on procédait en chœur
A la cérémonie où j'étais en honneur
Petit frère Raymond reçut fonction de Prêtre
Il se tint au bosquet, tout auprès du grand hêtre
Germaine était nourrice, André le bon Papa,
Et Marguerite et Jeanne, en se donnant le bras
Fermaient le gai cortège. Heureuse et souriante
Je regardais passer l'assemblée rayonnante
Et, bientôt, les dragées inondant le jardin
Commencèrent, pour nous, un doux et long festin
Bébé se nomme André, ainsi que son parrain
Après le déjeûner de ce riant baptême
Les jeux ont commencé ; lasses et gaies quand même
Nous couchâmes en chœur notre gentil mignon
Et, poursuivant longtemps le brillant papillon,
Nous vîmes, arrivé, le moment du départ
Sans que l'on s'aperçut qu'il était déjà tard.
On se quitta gaiement, moi je rêvai de gerbes
Tressées, pour mon Bébé, dans des jardins superbes.

Table des Matières

Enfantines

IMPRIMERIE SPÉCIALE D'ÉDITIONS ET REVUES
Louis NARBONNE
ATELIERS : Place des Jacobins, Pamiers (Ariège)
BUREAUX : 46, Rue de Bondy, Paris 10°.